FRATELLI

Eduardo Mariani

FRATELLI

Tradução de
MARIA ALZIRA BRUM LEMOS

EDITORA RECORD
RIO DE JANEIRO • SÃO PAULO
2006

CIP-Brasil. Catalogação-na-fonte
Sindicato Nacional dos Editores de Livros, RJ.

Mariani, Eduardo
M286f Fratelli: romance / Eduardo Mariani; tradução Maria Alzira Brum Lemos. – Rio de Janeiro: Record, 2006.

Tradução de: Fratelli
Prêmio de Narrativa Inédita em 2000, concedido pelo Ministério da Educação e Cultura do Uruguai
ISBN 85-01-07309-1

1. Uruguai – História – Ficção. 2. Romance uruguaio I. Lemos, Maria Alzira Brum. II. Título.

06-1343 CDD – 868.9938953
CDU – 821.134.2(899)-3

Título original uruguaio:
FRATELLI

Direitos exclusivos de publicação em língua portuguesa somente para o Brasil adquiridos pela
EDITORA RECORD LTDA.
Rua Argentina, 171 – Rio de Janeiro, RJ – 20921-380 – Tel.: 2585-2000
que se reserva a propriedade literária desta tradução

Impresso no Brasil

ISBN 85-01-07309-1

PEDIDOS PELO REEMBOLSO POSTAL
Caixa Postal 23.052
Rio de Janeiro, RJ – 20922-970

CÓPIA NÃO AUTORIZADA É CRIME
ABDR
ASSOCIAÇÃO BRASILEIRA DE DIREITOS REPROGRÁFICOS
RESPEITE O DIREITO AUTORAL
EDITORA AFILIADA

Já então se levantara Sancho Pança, algo maltratado pelos criados dos frades, e estivera atento à batalha de seu senhor D. Quixote, e rogava a Deus em seu coração fosse servido de dar-lhe a vitória e que nela ganhasse alguma ínsula de que o fizesse governador, como lhe havia prometido. Vendo, pois, já acabada a peleja, e que seu senhor ia montar outra vez em Rocinante, achegou-se para segurar-lhe o estribo e, antes que montasse, ajoelhou-se diante dele, pegando-lhe na mão, beijou-a e disse-lhe:

— Sirva-se vossa mercê, meu senhor D. Quixote, de dar-me o governo da ínsula que nesta áspera peleja ganhou, porque, por grande que seja, eu me sinto com força para saber governá-la tão bem como qualquer outro que tenha governado ínsulas no mundo.

Ao qual respondeu D. Quixote:

— Adverti, irmão Sancho, que esta aventura e as a esta semelhantes não são aventuras de ínsulas, mas de encruzilhadas, nas quais não se ganha outra coisa além de sair com a cabeça quebrada ou com menos uma orelha. Tende paciência, aventuras se oferecerão onde eu não somente vos possa fazer governador, como mais ainda.

NOTA: Monte é uma cidade de Onetti, como Santamaría. Meu Monte é Montevidéu, capital do Uruguai, pelo menos é nisso que ingenuamente acredito Não se pode ter certeza de que seja a mesma cidade. Quase, quase, se pode afirmar que não é. Mas uma cidade tem infinitos rostos.

Agora, definitivamente, para sempre em Monte, persisto em redigir apontamentos porque absurdamente sinto que devo fazê-lo como que cumprindo um juramento sagrado que nunca fiz mas que sinto imposto.

(Juan Carlos Onetti, *Quando já não importe*)

Nunca é demais dizer que todos os personagens e
situações deste romance são fictícios.
As eventuais semelhanças e coincidências
devem ser atribuídas ao acaso.

I. Europa

Talvez por algum obscuro pressentimento, aquele telefonema às três da manhã não o surpreendeu. Como se tivesse dormido um quarto de século, não cinco horas.

— Acordei você? É Triana, desculpe pela hora, mas não dava para esperar. O Fratelli morreu, parece que se suicidou. A Gaby me avisou. O enterro será amanhã, em Monte. Ela falou que a gente deve ir, acho que tem razão.

— Como é que é...? Por quê? — balbuciou Moreno, emergindo penosamente dos seus 26 anos de sono.

— Olhe, não faça perguntas bobas. Pegue o carro, ou trepe nele, como diz a Gaby, se preferir, e venha para cá, vamos tentar pegar um avião na hora. Se não estiver com o passaporte em dia, esqueça.

♥♦♣♠

Quando desligou o telefone, Triana tentou voltar a dormir. Teria tempo para arrumar as malas antes que Moreno chegasse, às oito e meia ou nove da manhã. Estava sozinha. Seu marido, Paul, médico do hospital La Timone, estava de plantão.

Triana tinha encontrado a estabilidade com Paul, e, além do mais, ele era um verdadeiro pai para Mauricio, o filho dela. Triana havia engravidado de um guerrilheiro que estava de passagem e que teria preferido ver o filho educado pelo Estado Revolucionário, em Cuba. Ela se afastara de uma vez por todas daquele delírio e, com Paul, havia optado pela França e adotado a língua e um pouco da cultura do país. Mauricio, chamado por todos de Maurice, tinha, por sua vez, adotado o padrasto, único pai que conhecera, e seguia seus passos na faculdade de medicina.

Com muito sacrifício, trabalho e noites sem dormir, Triana concluíra o curso de medicina em Marselha e era anestesista. As coisas, profissionais e familiares, pareciam encaminhadas, e não havia motivo para criar problemas. Aliás, por falar em noites sem dormir, não conseguia pregar um olho. Continuava pensando na nuvem de tempestade que se havia formado sobre suas cabeças com a morte do Fratelli.

Criar problemas não era exatamente o que ela estava fazendo, organizando aquela viagem com ninguém menos que Moreno, para ir ao enterro do Fratelli? E seguindo os conselhos da Gaby? Logo da Gaby, que representava um dos episódios mais loucos da sua vida. O que tinha dado nela para se apaixonar por aquela mulher? Teria sido o desgosto com o Brianza, aquele egoísta presunçoso? E agora estava correndo para se encontrar com todos eles. Não, não com todos. O Fratelli já não estava, mas era justamente o enterro dele que os estava reunindo. O Francês também não, pois desaparecera havia muitos anos.

Triana, acima de tudo, não era presa fácil da nostalgia. Como mulher, mais do que como militante, o passado no Uruguai não lhe sorria. Muito antes de entrar para a guerrilha já era marginalizada, por ser uma mulher livre que se vestia como bem entendia e saía com quem lhe dava na cabeça. Triana achava que a vida para as mulheres era mais tolerável na França; em Monte, o gênero feminino era uma categoria de perseguidos.

Não, não era por nostalgia que Triana queria ir ao enterro do Fratelli, muito menos para atender ao chamado da Gaby. Mas então por quê? Triana não tinha facilidade para mentir para si mesma. Iria por espírito de resistência, para intervir em alguma coisa que lhe dizia respeito, por dignidade, para defender algo de seu? Pouco provável. Dificilmente podia dizer que o butim que agora ficava sem titular lhe pertencia, nem que se sentia no dever de ter um papel na distribuição do produto da Cisterna. Havia, quem sabe, alguma coisa do espírito da empresa Daquela Época que ainda a entusiasmava, depois de ter repudiado os meios e os fins, uma alma, viva para além da morte das organizações, do arriar das bandeiras e do silêncio das palavras de ordem? Não, provavelmente não. Estariam enterradas naquele grupo, naquele segredo compartilhado, algumas das chaves da sua vida? Gostava mais dessa idéia, mas seria substituir uma pergunta por outra. Por fim admitiu que não sabia por quê, mas não podia se poupar daquela viagem. Isso a pacificou.

Uma vez resolvida a viajar e reconciliada com seu próprio mistério, conseguiu voltar a dormir.

♥♦♣♠

Moreno tinha sempre um passaporte válido, ou vários. A saber: o uruguaio, que só voltou a tirar depois que a queda da ditadura o permitiu; o italiano, pois havia se nacionalizado quando ainda tinha o estatuto de refugiado político; o espanhol, por causa dos seus antepassados galegos, por parte de pai. Esse afã de colecionar passaportes sãos e legítimos é difícil de explicar para quem não viveu com um documento falso ou precário, como é o de refugiado político, para quem não passou tremendo pelas fronteiras e pela humilhação de ser conhecido da Interpol e recusado pelas autoridades da imigração.

Havia colocado o telefone no gancho, arrumado a mala e pegado a estrada. Não era difícil: quando ia ao Uruguai, comprava as roupas lá e os presentes e os dólares no aeroporto. Não tinha de quem se despedir: ligaria mais tarde para os filhos para avisá-los da viagem. Vivia sozinho em Recco, quase um bairro de Gênova na Riviera di Levante, a poucos quilômetros a leste. Um lugar famoso por sua *focaccia*. Tinha prosperado como empresário independente em documentação técnica industrial e estava numa entressafra de contratos, conjuntural e rotineira, sem demandas urgentes em vista. Na verdade, sua liberdade o desconcertava. Ele a havia desejado muito, mas, tendo-a, se perguntava se não era um pouco parecida com solidão e indiferença do mundo. Seu apartamento com vista para o mar lhe parecia vazio.

Sua mulher tinha sido a primeira a abandoná-lo. Soube que em Monte isso agora se chamava "desgaste da relação". Ela o havia acompanhado ao exílio com os dois filhos pequenos, embora já não estivessem muito bem juntos. O "desgaste" já estava bastante avançado, mas as dificuldades e as crianças os mantiveram unidos, fazendo frente, até que, junto com a normalidade, voltou o desejo de viver normalmente. Agora ela estava morando perto de Perusa, casada com um italiano, e conversavam sempre sobre os problemas dos filhos, que, para falar a verdade, não eram muitos. Eles também partiram, um primeiro, a outra depois. O filho era professor de geografia em Milão, e a filha estudava em Pisa. Falaria com eles, hoje ou amanhã.

De Recco sobe à rodovia, que passa logo acima. Em menos tempo do que levaria para contá-lo, estava dirigindo pelo labirinto de colinas, atravessando Gênova, e por um momento ficou concentrado no trânsito, sem tempo para pensar nem analisar o que estava fazendo, ou seja, obedecer a Triana e ir, com urgência, ao enterro do Fratelli em Monte.

A rodovia que liga Gênova à França se chama "Autostrada dei Fiori", porque passa por uma série de estufas onde se cultivam flores para venda. Podem-se vê-las de relance sobre as ladeiras, entre os olivais, quando, saindo como uma bala de canhão de dentro de uma montanha, o carro voa cruzando um viaduto suspenso sobre um precipício, antes que o túnel seguinte o engula. A estrada segue assim por quase duzentos quilômetros, sinuosa e traiçoeira, alinhavando uma incrível seqüência de galerias e pontes que perfuram a massa montanhosa dos Apeninos lígures e dos Alpes Marítimos franceses.

A tensão da viagem, a velocidade, os riscos da estrada conduziram-no à conversa por telefone com Triana. O que estava fazendo? Por que corria este perigo, senão para se aproximar dos outros, velhos mas ainda ativos? Esteve a ponto de frear, de parar num acostamento para pensar, ou de dar meia-volta e retornar. Mas não o fez. Disse para si mesmo que seria maravilhoso ver Triana e conversar, melhor que por telefone. Teria tempo para decidir depois se iria ou não para Monte.

A primeira causa que o tinha feito levantar da cama e vir continuava agindo, como um ruído surdo de fundo, quase inconsciente: a chance de ver Justa. Quando Triana falou sobre o enterro do Fratelli, a possibilidade de se reunir com os velhos companheiros, de passear por Monte e encontrar antigos ou novos amores, o seduziu; Justa, nitidamente. Era esse desejo que o fazia correr pela estrada, não o hipotético dinheiro do velho fantasma revolucionário.

Enquanto isso, chegando a Nice, a estrada começava a ficar mais suave e a descortinar suas paisagens de cartão-postal. Moreno ia despertando aos poucos. Quisera considerar essa viagem, apesar dos seus medos, um simples e ingênuo retorno ao passado, com saudade e carinho pelos companheiros Daquela Época. A Queda do Muro havia apagado da sua memória a intensidade dos enfrentamentos ideológicos de antes. Tinha se esquecido dos argumentos que tão apaixonadamente esgrimiram quando a História ainda não havia chegado ao Fim, como se esquecem as petições dos advogados depois da sentença do Juiz. Moreno sabia, no entanto, que sua relação com aquelas idéias não era a mesma que a de muitos dos seus antigos companheiros. Para alguns deles, as idéias eram camisetas que haviam aderido à pele para sempre, elementos identificatórios, tatuagens. Para Moreno, as idéias eram só aproximações a uma verdade. Mudar de posição em certos assuntos não tinha para ele o significado de uma ruptura, nem de uma crise de identidade. No fundo, sentia-se íntegro e fiel ao seu princípio, à vocação espiritual que estivera na origem da sua militância: o respeito à experiência como meio para se chegar à verdade, a liberdade de pensamento, o repúdio à opressão.

E, pensando nisso, seguia voando pela estrada. Ao todo são menos de quatrocentos quilômetros entre Gênova e Marselha, e antes das oito e meia da manhã estava estacionando em frente à estação de La Blancarde, perto da casa de Triana. Avisou-lhe da rua, pelo telefone público, que tinha chegado e, depois de comprar uns *croissants* crocantes na padaria em frente, instalou-se no Bar da Estação, na esquina. Pediu um café com leite. Fazia sol, e Triana não demorou a chegar.

♥♦♣♠

— Desculpe não convidá-lo para subir, a casa está uma bagunça, o Paul está dormindo, fez plantão à noite. Deixei um bilhete para ele. Falei que estamos indo, eu e você, para o enterro do Fratelli em Monte.

— E então? Estamos muito bem aqui, não acha? Por que vamos complicar nossas vidas com os fantasmas do passado? — perguntou Moreno, ainda indeciso.

Triana parecia serena e decidida como se estivesse no hospital se preparando para operar um tumor.

— Vamos complicar nossas vidas porque temos que ir, porque tem vinte milhões de dólares em jogo, e porque não somos bobos. Ou somos?

— É uma história tão velha, me faz submergir de novo num ambiente, numa época, que eu queria esquecer. Ainda temos algo a ver com tudo aquilo?

— Temos, pelo menos eu tenho. O Fratelli teve um papel importante demais nas nossas vidas para que, agora, nos desentendamos e viremos a cara enquanto se decide o destino do dinheiro. Seria esquizofrênico e estúpido.

— Não sei. Quem disse que a grana ainda existe? Por que não a usaram? É estranho! Onde está?

— Se só a Gaby tivesse me dito isto esta noite, eu pensaria que ela estava querendo me manipular. Mas quem me disse isto foi o próprio Fratelli, quando esteve na Europa, faz dois anos. Ele não foi visitar você, mas esteve aqui. Sabia que você estava em Gênova e que nos víamos de vez em quando. Talvez contasse comigo para pôr você a par. Mas que tenha vindo me visitar e não a você me leva a suspeitar de outra coisa.

— De que ele queria agarrar você? Depois de todos os anos que passou em cana...

— Então você acha que para querer me agarrar tem que ter passado doze anos à míngua? Não. Veio para dizer que a Batuta tinha sido um sucesso e que toda a água tirada da Cisterna estava inteira e intocada dormindo na conta dele na Suíça. Que a Batuta tinha sido um sucesso, você já sabia, porque participou. Que o dinheiro da operação Cisterna estava inteiro, o próprio Fratelli precisou ir à Suíça para ter certeza. Não sei se tirou alguma coisa para ele, acho que não, embora de algum modo ele tenha pagado a viagem. Além disso, se transei ou não com ele é assunto meu. Coitado! Estava mal de saúde, doente do coração, com o cabelo completamente branco, mas no resto estava igual. Pensativo, falando somente o mínimo necessário, contido em tudo.

— Como assim, não usaram o dinheiro? Não tem lógica.

— E quem ia usá-lo? E, caso alguém soubesse da existência da conta, como ia conseguir acessá-la? Os milicos que interrogaram o Fratelli, prefiro dizer interrogaram, não tocaram no assunto, índice seguro de que não tinham nem ouvido falar. Conclusão, fora da célula ninguém estava a par de nada. E, na célula, você sabe tão bem quanto eu que o Fratelli deu um jeito para dividir a informação. A única pessoa que tinha o código completo, a mensagem criptografada e a chave para decifrá-la era ele. E ele morreu. O que não sei é se morreu disso ou de outra coisa. Sei bem pouco sobre o Fratelli.

— É disso que você anda desconfiada, de que esse segredo matou o Fratelli?

— Não. Ando desconfiada de que, imaginando que nós dois tivéssemos boa relação, ele deve ter nos dado a mesma parte do número. Para se certificar de que nossa possível aliança não seria eficaz. Que maquiavélico o Fratelli! — O número estava dividido apenas em duas partes. Eu vi o Marambio trabalhar quando os forjou. Eu me lembro como se fosse hoje. Estávamos no hotel em Genebra, acabávamos de chegar do banco onde tínhamos depositado o produto da Cisterna, descontadas as despesas com hotel, a passagem de volta e uma pequena ajuda de custo, que não sei onde foi parar.

— Eu tenho uma vaga idéia. Atuei clandestinamente em Monte durante algum tempo com esse dinheiro, que pagou meu documento falso e a passagem para sair. Mas não usei tudo, a Gaby tinha uma parte.

— Bom, continuando a história. Das duas partes, uma é a mensagem em código, e a outra é a chave para decifrá-lo. Mas o Fratelli, quando voltou a Monte, as distribuiu. O Marambio pode ser um gênio em matemática, mas a memória dele não é lá essas coisas. Quando precisávamos decorar números de telefone, ele tinha tanta dificuldade quanto eu. De modo que ele deve saber a parte que ficou com ele, mas não mais. Você se lembra do seu número, pode dizê-lo para ver se é igual ao meu?

— Sim, *rá rá*. Mas, se eu disser o meu e o seu não for o mesmo, você vai ter os dois.

— Vamos lá! Aposto o café com leite como os nossos números são iguais. Você mesma falou isso. Proponho que cada um escreva o seu num papelzinho e depois os troquemos. Que tal?

— Não mesmo!

— Bom, mas eu tenho confiança em você. Sempre foi direita; um pouco dogmática e simplória, mas direita. Vou revelar o meu número para você.

— Sinto-me no dever de informar que me tornei um pouco menos simplória, e também menos dogmática. Não sei se menos direita. Mas vamos fazer assim: você diz os primeiros números, e eu completo.

— Meu número é...

Moreno recitou seu número de uma vez, bem rápido, para que Triana não pudesse apreendê-lo. Se o dela fosse o mesmo, ela reconheceria na hora. Parou faltando quatro algarismos para o final. Triana completou corretamente e quase com relutância, desviando o olhar para o outro lado.

— Que trama! — disse Moreno. — Se fossem diferentes, economizaríamos a passagem para Monte e iríamos para as Bahamas, beber uísque embaixo dos coqueiros.

— Para nos recuperar da plástica, você quer dizer. Alguém não ia gostar disso, ou será que você se tornou mais simplório que eu? O suicídio do Fratelli, se é que foi suicídio, continua me preocupando.

Para que se enganar? Tinha que admitir que provavelmente a coisa tinha vazado, e alguém andava atrás do butim da Cisterna e Batuta. Quando se deu conta desse fato, seu estado de espírito mudou de ritmo. Agora estava acordado. Triana tinha razão, sem dúvida. Estava sem querer metido numa enrascada, porque sabia uma parte do número secreto, e sabiam que ele sabia. Talvez o Fratelli tivesse se suicidado realmente por motivos pessoais, que nada tinham a ver com o dinheiro da Cisterna. Talvez, mas o fardo ficava para eles do mesmo jeito. E a tentação também, que diabos! Ninguém é indiferente a vinte milhões de verdinhas. E além disso tinha a Justa. Estava decidido, iria.

II. Sayago

A instabilidade que tinha agitado o tempo em Monte nos últimos dias se afastava, arrastando sua cauda para o leste. O sol brilhava alto num céu de nuvens brancas.

Justa tinha passado a noite anterior na casa da mãe, em Sayago, e Santi a tinha alcançado lá com a má notícia. Todos reagiam da mesma forma; encontrar-se e conversar, pensar juntos, sem nem sequer se perguntar por que esse acontecimento adquiria tanta importância.

Agora Santi servia um chimarrão enquanto pensava, olhando para ela, na Justa de 25 anos atrás. Não tinha como, Justa não estava igual, como costumamos dizer freqüentemente dos amigos da mesma idade que nós, estava melhor do que se estivesse igual. Santi preferia a Justa de hoje à Daquela Época. Há alguns anos, quando saía com um sociólogo, tinha encontrado a palavra adequada para descrevê-la. Sempre tinha admirado a "beleza" de Justa. Na verdade não era "beleza" o substantivo que melhor se aplicava a ela, mas carisma. Justa tinha carisma, e seu carisma aumentava com o passar do tempo.

As duas sempre se comparavam, e eram tão diferentes que se invejavam sem poder imitar-se. Santi, invariavelmente magra, mesmo comendo como um lutador de sumô. Justa, redonda e de formas generosas, eternamente fazendo regime. Santi, pequena, ágil, sempre com o mesmo cabelo curto e castanho, inclusive agora que o tingia. Justa, alta e com uma espessa cabeleira negra, também tingida, que já tinha sido aloirada, lisa ou crespa, variando a cada temporada. Santi não tinha filhos; havia fugido muito jovem da casa da mãe, pobre, solteira e invasiva, e ganhara a vida como tinha sido possível. Seu grande talento se revelou cedo: estudou, fez teatro e ingressou no ateliê de cerâmica de um conhecido pintor anarquista. Foi lá que conheceu Justa, que acabou encontrando lugar como mãe, irmã e amiga no enorme vazio afetivo de sua vida. Justa tinha quatro filhos, todos homens, de dois casamentos que tinham ido bem até o segundo pós-parto. Não tinha filha mulher, nem irmã, que fizesse concorrência a Santi no seu coração e nas suas confidências. Tinha passado a maior parte da vida solteira ou divorciada e, ajudada por Santi, se tornara uma das decoradoras mais conhecidas da praça. Justa tinha fortuna e mãe anciã, ambas com boa saúde, e isso fazia parte da aura de serenidade e amparo que fascinava Santi.

Santi contava suas aventuras amorosas com calculadora, e os dias que elas duravam nos dedos das mãos. Ela pensava, talvez por ciúmes, talvez com razão, que Justa nunca havia se apaixonado, ou seja, se apaixonado seriamente, esperado ansiosamente, olhado só para um. Os apaixonados por Justa, em compensação, pareciam adeptos de uma seita, estáveis e assíduos, estimando-se e enciumando-se mutuamente, e essa seita parecia sempre disposta a recrutar novos membros.

Estaria nesse carisma a mola secreta da relação que Justa tinha mantido com o Fratelli? Logo ela, com seu fastio da política e sua total indiferença pelo jogo do poder. "Faz sentido, ela já carrega o poder dentro dela", pensou Santi.

♥♦♣♠

À sombra matinal das árvores soprava uma brisa fresca, quase estival, que fazia voar a erva de cima do montinho seco do chimarrão que Santi lhe passava.

— Os velórios e os enterros acabam comigo. Sobretudo este — desabafou Santi, que sabia que não poderia ir simplesmente para chorar o Fratelli. Aquele não era um enterro para ir chorar. Era uma reunião, e o cadáver era só a ordem do dia.

— Eles estão nos usando de novo, nos envolvendo nas histórias deles com as quais nunca tivemos nada a ver — continuou Santi, que tinha conhecido a prisão e tinha tido muito a ver. — Amizade é bom, mas que me façam de boba, me usem e me estraguem a vida com suas histórias: nunca mais.

— Bom, sim e não — disse Justa, descobrindo as pernas aos raios do sol primaveril que as árvores filtravam. — Nossa relação com a Célula não é a mesma de antes. Muita água correu por debaixo da ponte. A Célula já não é a Célula, e nós também mudamos, não?

A imagem de uma água limpa correndo aprazível por baixo de uma ponte não lhe pareceu adequada.

— Água debaixo da ponte? Uma inundação, você quer dizer. Uma mixórdia de restos de vidas miseráveis levadas rio abaixo. Sangue.

Justa cobriu as pernas, chateada, lembrando-se de que estava menstruada.

— Agora, com os comprimidos que estou tomando, começou a descer regularmente. Não sei o que é pior.

— Eu prefiro tomar. Mas vamos falar de outra coisa. Você acha que já correu água, ou sangue, suficiente por debaixo da ponte para que me conte de uma vez por todas que tipo de relação você tinha ou teve com o Fratelli?

Era uma boa pergunta. Justa gostaria de poder responder, mas levaria tempo para achar uma resposta. O que Santi queria saber, seja como for, era óbvio. Santi era um pouco como um namorado ciumento, sempre querendo saber com quem ela havia transado e o que "tinha deixado que fizesse", se gostou, como tinha sido, e tudo mais. Na verdade fazia tempo que esse assunto tinha passado para segundo plano, mas agora elas pareciam ter voltado à adolescência. No caso do Fratelli, a questão "o que tinha deixado que fizesse" tinha sem dúvida caráter político. Para que obscuro e maquiavélico fim Justa teria se deixado usar pelo Fratelli? De que conspiração ele a teria feito participar?

— Com o Fratelli? Nada. Nada de nada. Quer dizer, nada daquilo — mentiu Justa, respondendo mais de acordo com o que gostaria que fosse do que com a realidade dos fatos, procurando não pensar naquela vez quando, de pileque de grapa, se viu cavalgando com um Fratelli ofegante e apaixonado entre as pernas, pensando desesperadamente em como tirá-lo de cima dela, literal e figuradamente.

— Sabe que eu não acredito? Bom, digamos, não totalmente. Conte mais, é melhor que saibamos a que nos ater amanhã.

— Sua pergunta me faz pensar em muitas coisas. O Fratelli, para me agradar, acho que você sabe que ele queria me agradar, não falava de política. Pelo menos não diretamente. Sabia um monte de coisas, embora quase nunca fossem aquelas que de fato me interessavam. Conversava comigo sobre os segredos do mundinho da militância e dos corredores da Assembléia Legislativa, contava o outro lado da trama das operações espetaculares, e, em geral, isso mexia com a minha alma de fofoqueira. Eu, para agradá-lo, porque não sou insensível ao interesse que desperto nos grandes homens, fingia interesse sempre que podia. Confesso que algumas vezes me divertia — concluiu Justa, evitando entrar nos detalhes da diversão em questão.

— Sei, como daquela vez que você se embebedou e foi para a cama com ele?

— Nossa! Eu achava que ninguém sabia! Como foi que você ficou sabendo?

— O próprio Fratelli veio me contar uns dias depois, quando percebeu que tinha simplesmente abusado de uma mulher bêbada e que não se tratava do início de um grande amor. Ao mesmo tempo, parece que aquilo tinha trazido à tona os sentimentos dele, ele estava muito frágil. Foi a única vez em que eu o vi assim.

— Acho que para ele foi uma maneira de se declarar. Não sei se não fui eu quem abusou de um homem bêbado. Mas o Fratelli continuou conversando comigo depois daquele, digamos, incidente. Eu era, pensando hoje, sua confidente apolítica. Alguém em quem ele podia confiar porque não fazia parte das suas tropas, nem estaria nunca sob suas ordens ou influência política. Ele me contava coisas incríveis, que devem ter sido supersecretas, do seu grupo e dos outros. Como eu não estava envolvida em nada, não corria risco. Depois, quando o Marambio começou a trazer embrulhos para esconder aqui, no porão da casa da minha mãe, foi ficando mais discreto, mas continuou me contando coisas, que eu, por outro lado, contava para você.

— É mesmo, que inconscientes! A Gaby suspeita de que estamos a par da conta na Suíça. Ela insinuou isso ao telefone, quando me avisou da morte do Fratelli. "Fala para a Justa", disse, "que o assunto é muito sério, e que quem souber de alguma coisa tem que ajudar".

— "Que o assunto é muito sério." Ah, Gaby! Ela quer nos deixar com medo, com quem pensa que está lidando?

— Isso eu não sei. O que eu sei é que a Gaby também não tem mais 20 anos, e que o significado das coisas mudou. Antes, Naquela Época, uma coisa "séria" era alguma coisa como uma referência ideológica comum, que todos nós deveríamos considerar importante, mesmo quem não estava envolvido. Hoje já não é mais assim, e referência ideológica é só uma desculpa para justificar o poder material, real, capaz de matar ou fazer com que a gente se suicide.

— Então ela pôs medo em você, sem mais nem menos? Só falou isso?

— Não. Eu ri, do mesmo jeito que você, e ela falou com todas as letras que não estava se referindo a nenhuma regra de joguinho de criança, que não era uma questão privada, e que "importante" e "sério" se referiam à questão do poder. Percebi pelo telefone o sorriso e o desprezo dela, dando aula de política para ingênuos, como quem ganha o jogo com uma carta baixa diante de um ás de copas.

— Que filha-da-puta! — exclamou Justa, entre admirada e indignada. — Não se pode dizer que tenha mudado. O Fratelli já achava Naquela Época que ela era uma entrista do G2. Será que era? Continuará sendo? Ou está querendo o dinheiro para ela, com esse papo de expropriação revolucionária?

— Ou tudo isso ao mesmo tempo. Ela sempre quis tudo de uma vez. Enlouquecer a Triana, que nem se interessava particularmente por mulheres, hipnotizar o Marambio, que quase deixou de dar atenção a você. Militar na célula e manter contatos misteriosos com pessoas de outras organizações, principalmente brasileiros. Ela cultivava tanto o mistério quanto uma sinceridade comovedora.

— Você nunca engoliu a Gaby, né? — desviou Justa, que no momento não tinha vontade de participar do programa anti-Gaby. — Ela sempre me pareceu autêntica. Fanática, mas autêntica. Além do mais, ela não era a única fanática Naquela Época, hoje é que destoa.

Santi ficou pensativa.

— Aquela do Marambio eu nunca engoli — falou, depois de um momento de reflexão. — Dá a impressão de que ela agiu de forma calculada. Ele continua a admirá-la como se ela fosse um cruzamento do Che com a Madame Curie. Será verdade o que andaram dizendo, que subornou o narcotráfico?

Pensar ao mesmo tempo na Gaby e no Marambio complicava as coisas para Justa. Era óbvio que Marambio estava de alguma forma relacionado a Gaby, por aliança política, interesse, submissão ideológica ou uma mistura de tudo isso. Começou a entender o aborrecimento de Santi com o velório e toda a função que ia se desenrolar no dia seguinte. Sentiu de novo a presença do Monstro Frio, o aperto no peito, a sensação de ter menos espaço e menos ar, de estar mais limitada nos movimentos e nas opiniões.

Santi pensou nos cinco mil dólares que recebeu pela última cerâmica vendida ao museu Guggenheim e os comparou mentalmente com os vinte milhões da Cisterna e com a fortuna de Justa. Geralmente fazia essa comparação com a obra que tinha vendido, e o resultado sempre deixava a desejar, a ponto de ela lamentar tê-lo feito. Recriminava-se por ter se desfeito de uma parte dela, de um filho de sua alma, por míseros cinco milhares de verdinhas. Mas agora seus cinco mil pareciam de ouro, soprava sobre eles um vento de liberdade, um orgulho pátrio, um "tremam tiranos" que a reconfortou momentaneamente. Animou-se.

— Triana ligou. Chega amanhã com o Moreno para o enterro. Pelo pouco que conversamos pelo telefone, adivinhei que a Gaby já tinha lhe avisado, mais ou menos com os mesmos termos que usou comigo.

— Então o Moreno vem também? — saboreou Justa, descobrindo de novo as pernas ao sol. — A célula vai estar em peso, além de sabe-se lá que velhas figuras da política. Brianza, Pastor e Colombo, a turma de fugitivos de Las Piedras, não vão faltar, né?

— Acho que não, mas me pergunto como terão ficado sabendo. Se foi pelos jornais e estão vindo sem saber que se trata de uma Reunião de Célula, com maiúsculas, vão cair como patinhos. Mas e nós, o que temos que ver com tudo isso? — rebelou-se de novo Santi.

— Temos, sim — disse Justa, quase pensando em voz alta. — Temos, porque sabemos tanto quanto se tivéssemos participado, embora não tenhamos conhecimento dos famosos números. Mesmo assim, vai ser preciso convencer a Gaby de que não sabemos, porque poderia acontecer alguma desgraça com a gente. Além disso, não vamos perder esta, que pode ser o desenlace de toda a história, né?

— E eu que achava que a história tinha terminado com a queda do Muro — disse Santi ironicamente. — E tampouco vai terminar com o enterro do Fratelli. Você pelo menos tem certeza de que não sabemos os números? O Fratelli e o Moreno contaram a você tantas coisas que se pode até duvidar disso, e compreendo que a Gaby duvide, embora raramente eu compreenda a Gaby. *"Play it again, Sam"*, conte de novo, porque me esqueci de quase tudo. Tenho dificuldade para memorizar tudo o que não tem cores ou formas.

E Justa não se fez de rogada, porque realmente sentia prazer em contar a Santi todas aquelas coisas que elas não deveriam saber e que ficaram sabendo por indiscrições, resultado da malha de afetos na qual estavam imersas e que povoava o mundo de alguma coisa mais que cálculos, egoístas ou altruístas, e trajetórias balísticas. De alguma forma, aquelas indiscrições testemunhavam a existência de relações que transcendiam a política.

III. O relato de Justa

Nossa, caramba, como o tempo passa! Tem tantas coisas que a gente pensa que sabe, mas os detalhes não estão mais nítidos. Nós já éramos amigas Naquela Época, íamos à Faculdade de Humanidades, não consigo me lembrar por quê, riu.

Antes de a célula se formar, nós já nos conhecíamos, mais ou menos, enfatizou o "mais ou menos". Inclusive o Fratelli conheceu o Brianza por meu intermédio, porque freqüentava o Clube de Teatro e trabalhava com o Colombo na oficina mecânica que ele ainda tem em Las Piedras e onde eu levava a Fordson, minha velha e querida charanga, para arrumar. O Colombo era o único que conseguia fazê-la funcionar. Quando ele foi preso com o Brianza, tive que vendê-la, melhor dizendo, dá-la de presente.

Quando eles embarcaram no Titanic da Utopia, capitaneado pelo Fratelli, nós nos despedimos no cais, agitando lenços e lágrimas. Nós os admirávamos, e eles sabiam, senão acho que nem teriam embarcado. Nós não acreditávamos, nem concordávamos; tínhamos um vínculo afetivo com aquela experiência. A finalidade parecia maravilhosa mas impossível: fazer como em Cuba. Além disso, naquele tempo a guerra e a violência eram ficção. Naquele tempo. Quando deixaram de ser, descobrimos o horror que eram na realidade, mas isso foi depois.

Lembre-se de que, no início, a célula era composta por apenas quatro membros efetivos: Marambio, Brianza, Triana e Moreno. O Francês já não estava mais, e a Gaby entrou depois, na época das operações Cisterna e Batuta. Marambio era o responsável, ou seja, o contato com o Fratelli. Ele aparecia de vez em quando, uma vez por mês, mais ou menos.

O Brianza encabeçava o grupo de operações integrado por Pastor e Colombo. Ele tinha seu próprio contato com o Fratelli, e uma grande rivalidade com o Marambio, que não gostava de ignorar no que ele e seu grupo estavam envolvidos. Mas nem o Pastor nem o Colombo foram "mensagem" ou "chave", nenhum dos dois recebeu a série de números misteriosos. Só o Brianza estava no segredo e, até onde eu sei, não contou para os outros sobre a armação do Fratelli, a não ser muito tempo depois, quando teve o enfarte e achou que ia morrer. Não vou contar como eu fiquei sabendo disso, porque você vai me chamar de novo de puta depravada, mas o Colombo conserta os carros de graça para mim.

— Você não deixou passar nem poste de telefone. E com esse jeito de santa!

— Não exagere, são histórias que se acumularam ao longo de anos. Quando o Colombo saiu da cadeia... talvez eu conte isso outro dia, tomando umas. Agora me deixe continuar, que estou no embalo.

O Pastor e o Colombo eram amigos de infância do Brianza, e tinham em comum uma oficina mecânica, propriedade do Colombo, e um clube de futebol e bocha, tocado pelo Pastor, ambos em Las Piedras. Mas o Brianza também se virava nos meios do rádio e do teatro. Já possuía o talento para a improvisação e o dom da simpatia, e gostavam muito dele aonde quer que fosse. Agora trabalha na televisão, é conhecido, e vive seu personagem de guerrilheiro reintegrado, mas naquele tempo, acho, era mesmo um cara genial.

Nós éramos a logística. Em matéria de mulher-objeto, somos o cúmulo. A Fordson e duas motoristas, eu e você. Seu ateliê para as reuniões, o porão da casa da mamãe para os embrulhos comprometedores. Mas a nossa adesão nunca foi além da amizade com o Moreno, do respeito reverente pelo Fratelli e dos seus namoricos fugazes com uns e outros — Santi fez uma careta, como que dizendo não me faça lembrar. — Não sei como, mas nunca fomos contaminadas por nenhum dos delírios ideológicos deles. Ficamos fora disso.

O cometa Gaby chegou de improviso. E, ainda por cima, fora do controle do Fratelli. Nós éramos planetas sossegados, todos orbitando em torno dele. Inclusive o Marambio, que depois mudou. Dava para perceber que o sol da Gaby estava bem longe do nosso mundo. Fratelli sempre suspeitou de que esse sol fosse o coração da segurança cubana, o G2.

Não sei por que o Fratelli aceitou esse risco, mas provavelmente foi pelas informações que a Gaby trouxe e que conduziram à operação Cisterna. Mas acho também que foi por esse mesmo motivo que ele colocou o dinheiro atrás de uma barreira compacta de solidariedades, fora do alcance de qualquer debilidade individual ou iniciativa política estranha ou hostil. A história dos números.

O Moreno me contou com detalhes sobre a operação Batuta quando encontrei com ele na Europa, há uns quinze anos, aliás exatamente catorze e meio. Nunca contei isso assim para você, acabei esquecendo, não sei se por autocensura, ainda havia ditadura, ou porque as questões técnicas nunca me entusiasmaram (Moreno, pensou Justa, outra vez aquela inquietação, e se olhou no espelho, estava com olheiras, o cabelo comprido demais, teria tempo para ir ao salão antes do enterro?). Continuou:

Os vinte milhões de dólares arrecadados pela operação Cisterna eram parte do caixa dois de uma multinacional, não me lembro qual, não tenho certeza se algum dia soube. Tinham sido habilmente desviados do seu destino, ou seja, os bolsos dos políticos corruptos, para os da célula, ou seja — por que não reconhecer isto? —, os nossos. A operação tinha sido denominada "Cisterna" a pedido do Brianza porque, como ele dizia, a cisterna tem o fundo escuro, é de onde se tira o precioso líquido, e sempre tem algum sapo vivendo nela.

A operação foi perfeita no sentido de que não teve eco na imprensa nem preocupou a polícia, que não ficou sabendo. Tratando-se de fundos ilegais, quero dizer, provenientes da evasão de impostos, os serviços oficiais de segurança do país de origem também não foram alertados. Um sucesso. Só os serviços de segurança privados intervieram, andaram rondando um tempo. Provavelmente foram eles que colocaram a polícia e o exército na pista do Fratelli, mas sem mencionar o dinheiro. Segredo de Estado das multinacionais. O Fratelli acabou preso por outra coisa.

De tudo isso, o que mais importa agora é que a Gaby foi um elemento essencial para a operação. O Moreno não me contou isso, mas o Fratelli sim. Não se pode negar que a Gaby era divina. Magrinha alta com seios enormes e apontando para cima, parecia recém-saída de um colégio de freiras. Loira, olhos grandes de olhar intenso, e aquela boquinha de tanto faz, mole e inocente. Seduziu o executivo canadense encarregado dos subornos e o envolveu a tal ponto que, quando os rapazes prenderam os portadores e foram embora com as valises cheias de dólares, os dois se despediram com um beijo apaixonado. Parece que continuaram se encontrando. A Gaby nunca fez nada em que não fosse absolutamente sincera.

Mas o essencial é que foi ela quem conseguiu o contato com aquele cara. De onde o tinha tirado? Teria imposto condições ao Fratelli por essa contribuição? Houve algum pacto secreto entre eles que o Fratelli não teria cumprido? São perguntas que me ocorrem agora, que sou mais madura e inteligente. Naquele tempo acreditávamos que os frutos caíam do céu e que todos éramos irmãos.

A própria célula se encarregou de colocar o produto da operação num lugar seguro. Os milhões dos fundos ex-ilegais, agora revolucionários, deviam juntar-se aos seus congêneres, outros milhões de fundos ilegais ou revolucionários, nas veneráveis instituições bancárias que existem para esse fim. A célula, ou melhor, o Fratelli, preferiu a clássica solução dos bancos suíços à mais arriscada dos demais paraísos fiscais, que ainda não tinham alcançado a maturidade, como as Ilhas Cayman ou as outras Bahamas. Foi uma operação e tanto.

O nome de código Batuta sugere que o dinheiro prometia uma posição de direção a quem o controlasse. O Fratelli tinha intenções claras e reconhecidas de utilizá-lo como base para uma experiência política de envergadura, longe dos grupelhos e das operações clandestinas. Para o Fratelli a política não era uma guerra. Era, sobretudo, os jornais, a opinião, os contatos, a influência e, por fim, embora seja difícil de acreditar, as eleições. Eu o ouvi dizer isso pessoalmente, quando ainda se animava a conversar sobre política comigo.

O cabeça da operação Batuta foi o Marambio. A Gaby e o Moreno o acompanharam. A Gaby poderia ter sumido com o dinheiro, ou copiado o número da conta e a senha de acesso, mas não fez nada disso. Ou não é o que estamos pensando ou há outro mistério por explicar. Pode ser que, simplesmente, ela tivesse aderido com sinceridade ao projeto político do Fratelli, ou que seus supostos chefes estivessem em bons termos com ele. Apenas conjecturas. Os fatos são que o dinheiro chegou à Suíça, foi depositado num banco e que, do número da conta e da senha de acesso, o Marambio extraiu duas séries de números que dependem uma da outra para reconstruir o original.

Também é fato que o Fratelli distribuiu os números num sábio dividir para reinar, e a única pessoa que conhecia os dois era ele. Uma série de números representava a mensagem cifrada e a outra série era a chave para decifrá-la.

Ele deu a série de números com a mensagem criptografada para três pessoas e a chave para outras três. Somente se um possuidor da chave entrasse em acordo com um possuidor da mensagem cifrada seria possível ter acesso aos fundos no banco. Uma série de números, por si só, podia ser memorizada, recitada, sonhada, usada como palpite para jogar na loteria (me pergunto se o Fratelli se lembrou de proibir isso), mas continuava desesperadamente só e dependente da outra série para encontrar seu significado.

O espírito refinado e, sem querer falar mal dos mortos, um tanto maquiavélico do Fratelli foi mais longe Ninguém, exceto ele, sabia quem era "chave" e quem era "mensagem".

Como sabemos, pouco depois todos passaram para a clandestinidade, foram presos ou exilados. O Fratelli foi o primeiro a cair, denunciado pelos serviços de segurança privados que procuravam a Gaby e envolvido, certamente por alguma imprudência dela. Não se sabe ao certo, nunca se soube. Procurando, acabaram encontrando motivos para mantê-lo preso por muito tempo, além de maltratá-lo até deixá-lo doente do coração. Ele foi condenado junto com o Brianza, capturado na oficina do Colombo, onde o cabeça-de-bagre tinha tido a má idéia de se esconder. O Fratelli saiu assim que a anistia foi instituída, quando caiu a ditadura, o Brianza, um pouco antes, e o Colombo ficou preso três anos, "só isso", como ele diz. Não acharam nada contra o Pastor. Mesmo assim, ele passou uns meses no Brasil. Quando voltou, tomou conta da família do Brianza e da oficina do Colombo, junto com os filhos dele.

O Marambio caiu indiretamente, pois, para se prevenir, tinha passado para a clandestinidade quando levaram o Fratelli e acabou sendo capturado num local abarrotado de material comprometedor, mimeógrafos, manifestos, explosivos, uniforme do exército. Clamou inocência, resistiu à tortura, ajudado pelo fato de que realmente não sabia responder o que lhe perguntaram. Ao cabo de um ano, saiu e foi para o México, defendido por associações de cientistas, universitários e artistas. Nessa altura, ele já havia publicado trabalhos importantes.

Moreno e Triana ficaram clandestinos em Monte e conseguiram fugir para a Europa um tempo depois, quando estavam abandonados e sem ter para onde ir. Você se lembra de quando levamos a Triana até a fronteira no Chuí e nos despedimos dela chorando no ônibus para São Paulo? No caminho de volta tive que deixar a Fordson numa oficina em Rocha, foi a última viagem dela. Sem o Colombo, a pobre charanga não quis mais andar.

Moreno deu um jeito sozinho para pegar um navio em Carmelo e chegar à Itália, passando por um montão de países. Ele diz que foi a viagem mais bonita que fez na vida, que aproveitou como se tivesse nascido de novo, livre do terror que o tinha acompanhado nos últimos meses em Monte, livre da vida que levava e que não suportava mais, livre e ainda sem compromissos, disponível para tudo.

Quando chegou a Gênova, estava disposto a começar uma nova vida, com uma nova língua, que agora fala tão bem quanto o castelhano. Ele diz que aprender uma língua, ser estrangeiro num país estrangeiro, é como voltar à infância, no bom e no mau sentido.

O Moreno e a Triana foram os que mais mudaram. Confesso que me fascina, me dá um pouco de inveja e vontade de retroceder uns anos. É diferente de viajar.

Em compensação, não soubemos nada da Gaby, e continuamos sem saber. A não ser que não foi presa no Uruguai e que acabou se estabelecendo em Madri ou Lisboa, não sei com que nome. Acho que ela é uma mulher de recursos extraordinários e com uma vida fora do comum — Santi fez uma careta. — Isso você não pode negar.

Tudo o que eu sei fiquei sabendo pelos jornais ou porque eles me contaram. Da Gaby, soube algumas coisas vagas pelo Marambio.

— Nota de rodapé: contaram para você, que me contou — intercalou Santi. — Continue.

Nós, que dormimos vestidas durante dois anos com medo de que viessem nos buscar no meio da noite, escapamos por pouco. Aqueles que podiam falar sobre nós se calaram. Pelo menos se calaram sobre isso. Quando o Colombo saiu da cadeia e me disse o que queria, o que tinha sonhado durante aqueles anos, não pude me fazer de inocente surpreendida. Paguei a dívida, e com juros.

— Por que você nunca me contou isso? Nos meses que se seguiram à anistia, eu também tive amores intensos com presos recém-libertados, mas nenhum da célula. Eu também não contei a você. Mas Colombo era parte do patrimônio comum.

— Eu sei — respondeu Justa, de novo pensativa. E, depois de uma pausa, se decidiu, era hora das confidências: — Eu me fazia de puta com ele. Como não era apaixonada por ele, inventava fantasias, com *lingeries* de seda, cintas-liga, coisas assim, quando na verdade não precisava fazer nada para esquentá-lo. Mas acho que aquilo era o que me esquentava. Foi um desastre amoroso e um clamoroso êxito pornográfico. O que você queria que eu contasse, que eu me excitava bancando a puta? Agora, vendo de longe, estou começando a me perdoar.

— A questão que está me coçando na língua é: por que o Fratelli não usou o dinheiro assim que ficou livre? Agiu como se não lhe pertencesse — disse Santi.

— Quando o Fratelli saiu da cadeia, me pareceu que não era mais a mesma pessoa. Na verdade, o mundo não era mais o mesmo — contribuiu Justa. Mas era Santi quem pensava agora.

— Por que o Fratelli não tomou a batuta? Falta de partitura, ausência de orquestra, desinteresse do público ou problemas com a direção do teatro? A analogia pode ir bem longe. Tenho para mim que a partitura que o Fratelli queria orquestrar não era do gosto dos sócios capitalistas.

— Você está querendo dizer que o Fratelli tinha que pedir autorização a alguém para usar o dinheiro? Não acho que seja isso — discordou Justa.

— Eu acho — entusiasmou-se Santi. — Se você deixa vinte milhões de dólares dormindo, é por alguma razão. E que razões podem pesar sobre um cara como o Fratelli? Só podem ser razões políticas.

Justa não concordava.

— O Fratelli não era mais o mesmo, repito. Já não era mais a máquina política fria capaz de jogar com a vida da gente, com a liberdade dos outros, de se aliar com o diabo se fosse necessário. Em todo o resto continuava igual, mas havia se tornado mais — a palavra veio sozinha — humano.

Santi não abria mão da sua opinião.

— Eu só falei duas ou três vezes com o Fratelli nos últimos anos. Uma, quando ele foi à minha primeira exposição em Monte, fez uns comentários muito interessantes que eu nunca teria esperado dele. Entendia de arte e do mercado de arte. A segunda, no casamento do filho de Pastor, todos acabamos bêbados rodando em volta das mesas, mas era como se tivéssemos sido apenas uma turma de amigos. Lembro-me de que conversamos sobre futebol, jogamos bocha na cancha do clube, nada de política, ninguém evocou as reuniões ou os conluios secretos que aquele mesmo local havia presenciado. A terceira e última vez foi numa reunião do Rotary, com outras jovens promessas, que piada, das artes plásticas nacionais, ele estava representando sua entidade, oficialmente. E não falou comigo, me cumprimentou muito carinhosamente, e só. Mas sempre do mesmo jeito, sempre chefe, sempre dando a impressão de guardar um significado que só ele conhecia.

— Isso era o que parecia para você. A impressão que ele lhe passava. Você é que achava que estava com o seu Fratelli Daquela Época. Possivelmente ele também queria acreditar nisso. Mas, veja, nunca foi deputado, nunca foi senador, nunca teve amigos que o nomeassem para nenhum cargo de confiança política. Na política nacional, estava marginalizado, era um zero.

— Sete zeros, com um dois e o sinal de $ na frente, do lado esquerdo — concluiu, empatando, Santi.

IV. Carrasco

Ainda chovia, nessa mesma manhã, enquanto Gaby e Marambio conversavam na varanda da casa em Carrasco, perto de Miramar. Falavam olhando a água cair, como dois jogadores de xadrez com a vista fixa no tabuleiro. Naquele momento, Moreno e Triana estavam embarcando no avião em Marselha, e Santi tinha pegado a Orla, para subir pela avenida Propios até Sayago. O corpo de Fratelli aguardava no necrotério o enterro do dia seguinte.

Gaby decidiu dar uma volta pela situação socioeconômica de Marambio, integralmente plasmada na casa de executivo de multinacional, com assinatura de arquiteto; bar, varanda, churrasqueira, jardim, poltronas de couro, antenas parabólicas e quadros de amigos pintores que tinham ficado famosos. Identificou uma escultura de cerâmica de Santi, que admirou, um pouco contrariada. Dos cargos universitários e da assessoria de alto nível para organismos internacionais e grandes corporações, Marambio passaria, se a sorte lhe fosse favorável, aos cargos políticos de primeiro escalão. Aventava-se seu nome como ministro "técnico" de um provável governo da esquerda. Sua imagem de ex-guerrilheiro, matemático genial e economista experiente seria valiosa para um governo que desejava atribuir-se, simultaneamente, uma reputação de competência técnica e de radicalismo político.

— O arquiteto que fez a casa é amigo seu?

— Conhecido. Um italiano que veio em peregrinação para visitar a obra do Dieste. Vi o *portfolio* dele e gostei das coisas que fazia. Agora é famoso, ganhou concursos internacionais, e o valor de minha casa se multiplicou. Coisas da vida. Se você ainda gosta de charutos, tenho uns Cohibas que o Fidel me mandou.

"Fui eu que mandei os Cohibas, imbecil", pensou Gaby. Mas isso não era coisa que se dissesse. Marambio tinha passado a pertencer à categoria dos personagens que se adula ao mesmo tempo que se despreza. Mas Marambio não era apenas isso, e Gaby continuava respeitando as hierarquias guerrilheiras dos que "pegaram em armas" e "arriscaram a vida". Chegou, assim, a um compromisso consigo mesma e disse:

— O Fidel manda caixas de Cohiba para muita gente. Sinal de que você é importante e que ele ainda não o considera inimigo da Revolução. A decoração foi feita pela Justa? Reconheço uma cerâmica da Santi, e ela sempre usa uma como assinatura dos seus trabalhos.

— Justa começou e minha ex-mulher terminou, estragando-a um pouco. Nem me fale, ainda estou pagando a parte dela, mas ao preço anterior, por sorte. As assinaturas da Justa, ou seja, as esculturas da Santi, estão ficando proibitivas. Como mudam os valores das coisas!

Gaby pensou que, dada a inteligência de Marambio, sua observação sobre os valores não devia ser inocente. E, se tinha sido, não deixaria de revelar logo um duplo sentido. Decidiu contra-atacar.

— Como você ficou ingênuo! Você se refere à inflação em dólares ou à sua própria visão das coisas? Porque, sem me rebaixar a julgar as pessoas pela aparência, eu poderia pensar que você também mudou muito. O que você pensa das suas dívidas com a Revolução?

— Que dívidas? Que revolução? — rebelou-se Marambio, provocando Gaby para que mostrasse de uma vez as suas cartas. Depois, recuperando-se, acrescentou com tom conciliador:

— Explique-se melhor, você sabe que faz tempo que eu deixei de ser militante revolucionário, e não tenho pretensões de sê-lo. Respeito e defendo a obra e as instituições da Revolução Cubana, mas me dedico a trabalhar modestamente no que me cabe, que não é a revolução, e a tentar fazer coisas boas.

Gaby se sentiu aliviada. Marambio não era um cretino útil qualquer. Não iriam discutir agora sobre Ochoa, nem sobre La Guardia, cujas execuções eram lembradas com freqüência por certos companheiros de percurso — que aliás ficaram indiferentes à sorte de outros dissidentes, de Huber Matos e Eloy Gutiérrez Menoyo, passando por Carlos Franqui e Cabrera Infante, até a multidão de *balseros* — para se distanciar da Revolução Cubana. Subiu no seu conceito, ao mesmo tempo que o sentia mais fácil de manejar.

— Que dívida? Vinte milhões de dólares, ou, se preferir em uruguaio, vinte milhões de verdinhas. Que vocês, que nós, expropriamos para a Revolução e dos quais a Revolução precisa.

Precisar, bem que precisava. As atividades do centro que Gaby integrava, e freqüentemente chefiava, só eram financiadas pela tangente. A hierarquia explicava isso como uma volta à época gloriosa da luta clandestina, um retorno às fontes. De fonte a cisterna é um passo, e Gaby o deu rapidamente. O narcotráfico tinha se tornado comprometedor e difícil, e as organizações de outros países acreditavam cada vez mais na "igualdade revolucionária". Ou seja, financiavam a si mesmas e colaboravam a contragosto. Além disso, a luta interna levava a que não pudesse confiar mais nas pessoas que ela mesma recrutava e pagava.

— E a que revolução devemos? — perguntou, outra vez provocador, Marambio, que conhecia a resposta de Gaby, mas não podia deixar de enfatizar o deslocamento que ela realizara entre os objetivos Daquela Época e as adesões de hoje. Descarregava assim, na intimidade, a frustração de um espírito crítico que nunca se atrevia a mostrar em público. Tanto por um respeito reverente por Che e Fidel quanto para não manchar sua fama de guerrilheiro. De outro modo, o que iriam pensar os velhos companheiros que tinham estado com ele na prisão? Não lhes restava nada além da glória daquele passado. No seu ponto de vista, sua dívida não era tanto com a Revolução Cubana, mas com todos aqueles que o admiravam e viam nele algo mais que um especialista internacional com invejável posição social.

— À cubana, ou você conhece outra? — jogou, como lhe correspondia, Gaby, já completamente tranqüila porque sabia tão bem quanto Marambio que ele não tinha apoiado publicamente nenhuma petição, manifesto ou crítica e que até evitava se relacionar com os hereges e dissidentes notórios.

Era evidente que a resistência de Marambio nesse ponto era somente de forma. Não acreditava que devesse negar alguma coisa a Gaby. Distanciava-se para aliviar a pressão e prevenir futuras solicitações.

— O que estamos conversando não tem nada a ver com as críticas, que, na hora certa e no lugar apropriado, deixei muito claro para altos dirigentes cubanos. Agora estamos falando de outra coisa. Exatamente, o que você quer? O meu número? Não tem problema, posso dá-lo agora.

Pegou um papel para escrever. Gaby o impediu.

— Diga, simplesmente.

Marambio começou a recitar seu número. Gaby riu, interrompendo-o.

— É o mesmo que o meu. O Fratelli tinha previsto que poderíamos nos aliar. Para ele, nossa aliança não era representativa. Marxista com marxista. Num movimento com raiz anarquista, tínhamos rabo pontudo.

— É mesmo. Eu sou Mensagem, logo me dei conta, e você também. O Fratelli quis assim. Então não posso fazer nada por você.

— Pode, sim.

Tinha parado de chover mas o céu continuava cinza, frio para a estação. O corpo de Fratelli continuava no necrotério; o avião de Moreno e Triana continuava voando e Santi tinha chegado a Sayago. Marambio sentiu um perigo, a sombra que procurava esquecer acabava de voltar à sua casa. Durante todos esses anos tinha tentado se convencer de que podia esquecer a pressão, os interrogatórios, ou confiná-los num lugar recôndito e fechado da sua vida. E agora se sentia de novo na tortura, como se o tempo não tivesse passado.

Na solidão e diante do segredo da cumplicidade com Gaby, a lembrança dos interrogatórios voltava. Era uma atmosfera que ela levava consigo, como uma aura de mistério com cheiro de umidade de calabouço.

Maldita política. Não era um tranqüilo passeio de autoridades puxadas pelo braço, rodeadas de fotógrafos e intérpretes, como ele às vezes imaginava. Era um duelo de faca num quarto escuro. Pensou que bastavam algumas palavras de Gaby, sussurradas nos ouvidos certos, para deixá-lo sem apoio. Sua carreira de ministro e, mais à frente, de alto comissário internacional, estaria acabada antes de começar. Gaby tinha nas mãos o objeto da sua ambição e a revanche dos seus anos da prisão e exílio.

Marambio não cometeu o erro de fazer perguntas. Que Gaby movesse sua peça, enquanto ele se acalmava e preparava suas defesas.

Gaby estava há um quarto de século chefiando homens, utilizando alternadamente a violência, o dinheiro, a sedução e as convicções. Agora decidiu começar pelas convicções, que é o que se exibe, o que fica bem, o que faz parte do vestuário sem o qual parecemos ridículos na sociedade.

— O Fratelli está morto. Não existe nenhum projeto político que possa aspirar legitimamente a herdar suas armas e seus meios. Não existe aqui. — Gaby enfatizou o "aqui" e quase insultando acrescentou: — A menos que você queira despejar o dinheiro na sua campanha eleitoral.

— Não sou candidato e não se trata de despejar um dinheiro do qual não podemos dispor. Cometi uma estupidez no hotel, ao queimar aquele papel sem decorá-lo, mas possivelmente foi prudente. Decidi não saber mais do que devia e acredito que fiz bem. Você esteve na mesma ação, logo, se existe alguma culpa, não é só minha.

— Mas você está de acordo que o dinheiro tem que encontrar seu destino, sim ou não? Porque eu estou aqui para que me ajude, não para tirar o dinheiro de baixo de sua cama.

— Bom, então esclareça, ainda não sei o que você quer de mim. Já falei que não tenho nenhuma objeção a que você recupere esses milhões, ou o que resta deles, porque acho estranho que o Fratelli não tenha usado alguma coisa.

Gaby tinha garantido a primeira rodada. Marambio não defendia suas atuais ambições num regime democrático como sendo portadoras de um projeto revolucionário, nem apresentava a disputa que o levaria a um ministério como uma continuação daquelas lutas. Conseqüentemente, se colocava fora e renunciava a qualquer reivindicação sobre o fruto da Cisterna.

Implicitamente se rendia ao ponto de vista de Gaby, ou seja, de que o único destino aceitável para aquele dinheiro era o que ela lhe daria, excluindo qualquer projeto que Moreno, Brianza ou Triana pudessem imaginar. Os outros — Colombo, Pastor, Santi e Justa — não contavam, não tinham feito parte do movimento armado, eram somente periferia, base de apoio, e para Gaby não tinham voz nem voto. Já convencê-los disso era outra coisa. Segundo seus cálculos, ela e Marambio eram os únicos com vida que detinham a mensagem. Todos os outros detinham a chave. Ter Marambio do seu lado a colocava em situação ofensiva, o dinheiro seria dela ou de ninguém. Convencê-los era vencê-los. Marambio sabia disso. Antes de entrar na tática, devia esclarecer umas velhas questões.

— Agora é hora de você me explicar aqueles cálculos que fez no hotel em Genebra com o jogo de dados para obter a mensagem cifrada e a chave.

— É muito simples, está em todos os manuais de criptografia.

— Sei, mas os manuais estão cheios de números e sinais, e eu não entendo nada de matemática. Deixo isso para os especialistas. Eu quero uma explicação para leigos.

♥♦♣♠

Marambio se lembrava muito bem.

Tinha depositado o dinheiro pessoalmente, ajudado por Moreno e pela própria Gaby. Mais tarde, no quarto do hotel, quando estavam sentados em volta de uma mesinha, tinha pegado lápis e papel e escrito, digamos:

SEGURBANK GENEVE 130270415897 300896

Respectivamente o nome do banco, o número da conta e a senha de acesso. Sem contar os espaços em branco, são 33 letras ou números. A seguir havia gerado uma série aleatória de 33 números, módulo 36 (26 letras mais dez numerais), com um jogo de dados que trouxera na mala. Com essa série aleatória como chave, criptografara à mão as 33 letras do nome, o número e a senha, usando o método de Vernam, também chamado "one-time pad", base 36.

Depois havia queimado o papel em que os anotara, deixando apenas a mensagem cifrada e a chave. Com esse procedimento, o texto original não poderia ser restituído sem a chave. Nenhum método de análise criptográfica, nem a força bruta, seria capaz de levar a cabo um ataque bem-sucedido contra a mensagem cifrada. Havia um grande número de chaves que resultariam na frase "SEGURBANKGENEVE" seguida de um número, mas somente a verdadeira restituiria o número e a senha corretos. O inconveniente, explicou, era que a chave tinha tantos caracteres quanto a mensagem original, mas isso era indispensável para que a segurança fosse total.

Os 33 caracteres da chave e os 33 da mensagem cifrada foram, então, distribuídos entre os membros da célula.

Gaby não entendeu grande coisa da explicação, mas guardou o nome do método, "one-time pad", que poderia servir para orientar seus criptógrafos. O importante era que, tendo as duas séries de números, a mensagem cifrada e a chave, não precisaria do Marambio para reconstituir a mensagem. Outro ponto resolvido. Passou para o principal.

♥♦♣♠

— Passemos em revista os detentores da chave, e vejamos por quem começamos. Alguém vai estar de acordo conosco e nos dará sua parte do código.

— Nota-se que faz tempo que você não vê seus antigos camaradas. Não pensam como você nem como eu.

— Você continua sendo um intelectual derrotista. O enterro do Fratelli vai nos dar uma excelente oportunidade. Todos vão estar lá. Eu me encarreguei de convocá-los um por um, ou quase, e eles virão. Será que você está se perguntando por que eles virão?

— Estou, e a resposta me faz ser ainda mais derrotista.

— Não tem por quê. Eles acham que vêm para levar, mas vão deixar. É hora de fazermos um acerto de contas. Muitos pagaram barato, com exílios confortáveis na Europa e esquecimento fácil dos compromissos. Vamos nos ver cara a cara. Você imagina o Brianza ou o Moreno com esse dinheiro? O que iam fazer? Iam inchar como sapos, com casas em Punta Ballena, Florianópolis ou nos Alpes. O Brianza seria capaz de comprar um carro esporte conversível; é do tipo *jet set*. Em mãos erradas, esse dinheiro só pode causar danos, é puro esbanjamento.

Marambio se sentiu um pouco mal. Não sabia como Gaby vivia, mas conhecia perfeitamente o modo de vida de certos dirigentes revolucionários, de Cuba e de outras partes. O puritanismo tinha saído de moda. As contas que Gaby queria saldar não pareciam ser somente políticas. Evitou o assunto e foi direto àquilo que mais lhe preocupava.

— E como você pensa convencê-los a lhe dar sua parte do código? Pregando a pureza e a austeridade? Ou está pensando em usar argumentos mais contundentes? — E, ficando sério, porque achava, com razão, que Gaby era capaz de tudo: — Sou contra qualquer tipo de violência.

— Não acho que seja necessário violência. Bastará evidenciar os perigos e problemas para quem pretender se arrumar com esse dinheiro, deixar bem claro que manejar o butim da Cisterna é tarefa para profissionais. O enterro do Fratelli será uma reunião de célula. A célula decidirá, postumamente, me fazer depositária do código. Conto com você, com sua influência e com sua eloqüência. Você sempre foi bom de oratória e não mudou. Basta convencer um deles, Brianza, Moreno ou Triana. Acho que são todos chave. É a lógica do Fratelli. Os votantes vão concordar. A Justa, a Santi, o Pastor e o Colombo não têm direito a voto, e acho que também não têm conhecimento do número. Podemos argumentar que o procedimento respeita a vontade inicial do Fratelli e o pacto que fizemos entre nós. Ninguém pode negar. Além disso, se, como eu penso, somos os únicos que temos a mensagem cifrada, isso nos dá um direito de veto implícito...

Marambio a interrompeu.

— Tenho que ir. Tenho uma reunião dos ministros de economia do Mercosul à qual assisto como conselheiro representante, e não estou em condição de chegar tarde. Onde você está hospedada? Tem um telefone? Eu ligo à noite.

— Onde eu estou hospedada não importa. Pegue o número do meu celular. Ligue se quiser, mas cuidado com o que vai falar. Não nos vimos, só vamos nos encontrar amanhã no enterro.

— A obsessão pelo segredo é uma característica comum aos grandes empresários, ministros de finanças, espiões e guerrilheiros. Não é de estranhar que se passe de um ofício a outro tão facilmente. Eu também acho que não tenho nada para falar com você. Trabalho o dia todo, até tarde, e apareço amanhã para acompanhar os restos mortais do nosso chefe, o Fratelli. Que afinal não morreu de velhice na cama. Será esse o nosso destino?

— Não me fale de velhice — disse Gaby já de costas e entrando no carro que a havia trazido, certamente alugado na mais comum das empresas do ramo.

♥♦♣♠

Gaby bateu a porta com força e foi embora, acelerando e levantando poeira pelo caminho de terra que levava à Orla.

Marambio olhava sem ver o carro que se afastava, prisioneiro do seu conflito interno.

Sua alma parecia uma assembléia com todo mundo falando ao mesmo tempo, cada qual tentando colocar na mesa aquilo que mais lhe preocupava. Tratou de pôr ordem e considerar todos os aspectos do problema, sem se esquecer de nenhum, nem sequer daqueles que pareciam murmurar coisas terríveis no fundo da sala.

Começando justamente por eles. Por que o medo? Quais eram os perigos reais? O que lhe parecia tão terrível? Acalmando-se. Não iriam buscá-lo em sua cela no meio da noite. Estava em casa, tranqüilo. Ninguém o ameaçava. No máximo poderia ter que renunciar a alguma das suas ambições. Tanto melhor? Sim, tanto melhor, mais tranqüilidade.

Gaby tinha razão. Tinha mesmo? Sim. Aquele dinheiro estava marcado por um projeto político, e não tinha sentido fora dele. Seria uma cruz para qualquer um que o pegasse. Menos para ela. O dinheiro, é claro, não tinha sido obtido para um projeto como aquele que Gaby defendia agora. Não era para promover a causa de Cuba nem de país nenhum. Mas essa poderia ser sua Causa de adoção, como uma família que adota uma criança que perdeu os pais biológicos. Fratelli tinha morrido, e nem ele tinha encontrado uma Causa para a qual atribuir o dinheiro. Fazia sentido que Gaby o levasse.

Deu a volta e entrou em casa. Pisou nos mosaicos italianos. Idéia da Justa. Ela, que só se apaixonara pelos mosaicos italianos.

Isso que a Gaby pretende está no pólo oposto dos ideais Daquela Época, dizia-lhe outra voz que não cedia. Está nas antípodas dos objetivos para os quais aqueles fundos estavam destinados. Será? Sim, está. Com razão ou não, nós acreditávamos lutar por liberdade, igualdade e justiça, tudo ao mesmo tempo. Os chamados "países socialistas" nos causavam horror. Nós os considerávamos monstros burocráticos aberrantes. Só aceitávamos que o ideal da anarquia fosse um pouco adiado pelas necessidades da luta. Ah, as necessidades da luta! E a exceção cubana? Sim, falemos da exceção cubana, disse-lhe a voz. Não! Não falemos. Não chegou o momento de renunciar também a isso, de assumir completamente esse mundo de iniciativas políticas medíocres.

Alguma coisa do mundo que Gaby levava consigo tinha deixado uma presença ameaçadora nos cantos escuros da sua casa. Racionalizou: terá colocado microfones, estará me vigiando? Decidiu tomar cuidado e passar um detector de espiões eletrônicos pela casa quando esse assunto terminasse. Não antes, pois, se realmente o estivessem observando, queria evitar despertar suspeitas. Tinha adiado essa decisão, mas agora estava resolvido, distribuiria um código para que pudesse enviar suas mensagens de correio eletrônico criptografadas. O mundo da conspiração voltava a entrar na sua vida, desta vez contra a sua vontade.

Começou a arrumar as coisas para a reunião, terno escuro, pastas, papéis, computador e telefone portáteis, tinha que se barbear, e quase sem se dar conta seu pensamento voltou para a sua vida atual e para o seu trabalho.

V. Las Piedras

Pastor servia o chimarrão. Colombo pegou a cuia com a mão preta de graxa, e fez-se um silêncio enquanto bebia. Estavam sozinhos na oficina, Brianza ainda não tinha chegado.

Era a mesma manhã chuvosa, com a mesma imensa nuvem cinza opaca que estava em cima de Marambio e Gaby em Carrasco. Mas em Las Piedras parecia outra. Mais escura, mais intemporal. Num dia assim, quando não se fala, o tempo parece parar e o mundo fica imóvel. As gotas caíam, repicando num ritmo monótono, sobre o teto de zinco da oficina.

"Que o Brianza chegue logo", impacientava-se Pastor. Tinha lhe dado a notícia e disse que queria vê-lo urgentemente. "Como está demorando!", pensava. Pastor tinha encomendado uma coroa de flores para Fratelli em nome do Clube. Não podia pôr "seus companheiros de célula" nem "seus soldados revolucionários dos anos 70"; pôs o nome do Clube e para bom entendedor...

Colombo se distraía, como sempre, mexendo nos motores. Estava às voltas com um calhambeque que prometera a si mesmo fazer andar. Talvez depois o vendesse para algum colecionador. O carro tinha mais de sessenta anos e, até pouco tempo, andava por Monte normalmente, tossindo como um velho fumante, com seu tio ao volante. Ele o tinha herdado.

Fratelli tinha morrido mais jovem que o calhambeque. Quantos anos teria? Deu-se conta de que não sabia, calculava que alguns a mais que ele, mas não tinha certeza. Pensou que ignorava mais do que sabia sobre Fratelli. Rompeu o silêncio.

— Quantos anos acham que ele tinha?

— Estão falando do Fratelli? Sei lá! Custo a me lembrar até do verdadeiro nome dele, e ainda não consigo acreditar que tenha morrido.

Uma caminhonete Chevrolet vermelho-metálico entrou na oficina. Brianza se abaixou, fechando suavemente a porta, que ficou entreaberta. Aproximou-se lentamente, com as mãos no bolso, cabisbaixo. Sua cabeça grande, de cabelo abundante, áspero, completamente branco, parecia pesar sobre a gravata e a camisa impecável. Apertaram-se as mãos, deram-se tapinhas nas costas num abraço lento, como se estivessem num velório e se cumprimentassem entre irmãos, filhos de um pai falecido. Havia alguma coisa disso.

Colocou o celular em cima do banco de ferramentas de Colombo e se jogou numa cadeira, com os cotovelos apoiados nos joelhos, as mãos cruzadas, a cabeça, que não conseguia levantar, meio inclinada. Olhava fixamente para o lado. Pastor silenciosamente lhe estendeu o chimarrão. Por um bom momento Brianza se concentrou em sorver até a última gota. Quando o ruído característico demonstrava sem apelação que pela bomba só estava passando ar, devolveu-o. "Obrigado", disse, indicando que não queria mais. Seus amigos esperavam em silêncio que reunisse forças para falar.

— O que querem que eu diga? Não sei o que pensar — falava como se estivesse monologando, mas com voz audível e clara. — A Gaby me ligou, e eu liguei para vocês em seguida. Demorei porque passei pelo hospital, para ver se podiam me dizer mais alguma coisa. Não encontrei um amigo que tenho lá e continuo sem saber de nada. Mas não consigo acreditar que o Fratelli tenha se suicidado sem nos avisar. Nunca acreditei em nada que vem da Gaby.

— No que não acredita? — perguntou Pastor, já um pouco farto da Gaby que se fazia de misteriosa, do Brianza que estava sempre nas nuvens e na agitação da televisão, do Fratelli e sua obsessão pelo poder. Pastor estava em contato com outras realidades. Seu clube de futebol recebia muitos jovens, que ele treinava e formava dentro das possibilidades. Fazia tempo que achava um absurdo aqueles vinte milhões de dólares dormindo na Suíça, sonhando com uma utopia revolucionária impossível ou incerta. Mas, se duvidava da utopia, tinha, em seu interior, algumas pequenas certezas. Sabia que miséria gera miséria, e estava convencido de que nem todos os sonhos precisam da prévia da Utopia para se realizar. Mas era difícil discutir esse assunto com o Brianza, sobretudo com o de agora e, de fato, este não lhe agradava.

— Não acredito no que ela está dizendo. Que o dinheiro continua na Suíça e que nós não temos nenhum direito sobre ele. Diz que o Fratelli se suicidou. Diz que temos que nos encontrar, mas não creio que seja para nos consultar ou para pedir nossos conselhos. O que vocês acham?

Pastor era o único dos três que não tinha estado preso. Passou um tempo no Rio Grande, temendo que algum dos amigos falasse alguma coisa, ou que o prendessem só por conhecê-los. Voltou depois de uns meses e se encarregou das famílias, dos advogados e dos bens dos outros dois, o pouco que tinham, incluindo a oficina de Colombo, que tinha tocado mais ou menos até este sair da prisão. Sobreviveu à ditadura, com seu clube social e esportivo, seu talento de organizador, a confiança que todo o bairro tinha nele e algum trabalhinho de vez em quando: corretagens de maquinário agrícola, a oficina e bicos variados. Tinha sido menino de rua, e sabia se virar. Por causa do seu passado de jogador de primeira divisão do Nacional, era muito conhecido e lhe abriam muitas portas.

Ao longo dos anos, as relações entre eles foram mudando. No início, Brianza era o líder. O audaz, sonhador, aventureiro Brianza. Para ele, a revolução era uma aventura, e tinha se visto nela no papel do herói, que não se furtava a encarnar ainda hoje. Pastor acreditara um pouco nele e um pouco na revolução e, durante algum tempo, tinha esperado que a política oferecesse uma solução para os problemas sociais que conhecia tão bem.

Colombo e Brianza dividiram uma cela por alguns anos, mas Colombo nunca tinha acreditado nem em Brianza nem na Utopia. Contentava-se em ajudar os amigos, colocando seu indispensável talento de mecânico a serviço da revolução e seus veículos estropiados, como a Fordson de Justa. Os anos de prisão foram um tributo que ele pagou à amizade, e estes o haviam mudado. Começou a ler, não teoria marxista, por certo: esses livros estavam proibidos e, além do mais, não lhe interessavam. Ele tinha lido história, romances e ensaios sobre temas variados. Seu espírito criterioso e sem preconceitos tirava proveito de tudo. A variedade dos seus interesses evitou que fosse impregnado por uma linguagem sectária, e parecia a todos o mesmo Colombo de sempre, com mãos de alicate, sempre sujas de graxa de automóvel, calado, discreto e serviçal. Mas os amigos, e Justa, sabiam a que se ater. Não se surpreenderam quando Colombo disse lentamente:

— Se a Gaby diz que não temos direito ao dinheiro será porque este ainda não está em poder dela. De outro modo, não teríamos visto nem um fio de cabelo dela. Mas como ela sabe que o dinheiro ainda está na Suíça? E por que o Fratelli não o teria usado? Afinal o chefe, a encarnação da vanguarda da revolução, era ele. Nenhum de nós jamais questionou a soberania do Fratelli. Ou a gente estava dentro ou não estava. Quem não está não tem direito. Quem está o segue. O que a Gaby quer é que a façamos depositária da soberania. O chefe está morto, viva o chefe, ou a chefa. Ou seja, não temos nenhum direito a não ser o de nomeá-la herdeira. Há que se pensar.

— Pensar o quê? Você não acha estranha a morte do Fratelli com esse abutre rondando? — levantou-se Pastor, salientando a perfídia de Gaby.

— Antes de falar de direitos, temos que definir como se distribui o poder sobre o dinheiro. Tenho a impressão de que todos nós, e sobretudo a Gaby e o Fratelli, fomos sempre mais sensíveis à questão do poder que à do direito, ou estou enganado?

— E, se a Gaby matou o Fratelli para ficar com os vinte paus, vai levar fácil? — Pastor estava no direito penal.

— Se tivesse conseguido pegar o dinheiro, nem teríamos ouvido falar dela, é claro. Não conseguiu, e precisa de nós — Colombo continuava firme na sua idéia.

Enquanto isso Brianza escutava com a cabeça encurvada, parecia lutar para tomar uma decisão. Por fim falou:

— Vamos por partes. Tenho que contar uma coisa. Quando tive infarto e achei que estava morrendo, fiquei muito assustado. Foi quando passei para o Pastor um número, que o fiz decorar. Mas não contei toda a história. Falando de direitos, acho que vocês têm que saber tudo o que eu sei.

Brianza contou então o que sabia sobre a história da operação Cisterna, insistindo sobre o detalhe, que supunha que ignoravam, de Gaby ter feito o contato com o executivo encarregado de azeitar as engrenagens administrativas. Contou a história da operação Batuta, o depósito do dinheiro numa conta numerada na Suíça, e explicou o porquê da divisão do número da conta em duas partes complementares. Contou como Fratelli tinha distribuído as mensagens criptografadas e as chaves, sob juramento solene de cada membro. É difícil dizer o quanto Pastor e Colombo ignoravam, a essa altura, daquilo que Brianza contava com tanto colorido, com sua bem modulada voz de ator. O certo é que a história era boa, cheia de drama e de suspense, e que o ouviram até o final, sem falar, como se estivessem num teatro vendo uma peça pela primeira vez. Brianza sempre causava esse efeito, mas era passageiro.

Ouvindo, possivelmente de novo, a história, repensaram-na, agora com a morte do Fratelli como pano de fundo. A partilha dos números adquiria um caráter de testamento político, que talvez não fosse o que Fratelli pretendia. Dava a impressão de que a sucessão só podia ser tomada pela união dos contrários que compunham a célula Naquela Época. Embora parecessem conflitos longínquos, tinham presidido a partilha dos números. E não somente dos números, também dos sentimentos e das relações que ainda se mantinham entre eles. Brianza atacou o assunto:

— Quais eram os conflitos na célula? Naquela Época o Marambio se referia a eles como "contradições no seio do povo", mas a Gaby dizia simplesmente que havia "um bando de babacas". Os babacas eram, sobretudo, nós, reticentes com tudo aquilo que fosse relativo a Estado e burocracia, e um pouco o Moreno, porque estava competindo com ela e com o Marambio pelo papel de ideólogo. Triana era pau para toda obra, sempre disposta a acompanhar quem propusesse alguma coisa concreta, sem oferecer resistência a nenhuma das partes. Por isso me pergunto com que número terá ficado. É claro para mim que a Gaby e o Marambio estavam de um lado, o Moreno e eu de outro. Já a Triana não sei de que lado colocar.

— Ela e a Gaby não eram íntimas? — perguntou Pastor.

— Eram íntimas, mas também rivais. A Triana não confiava na Gaby, embora tivesse relações muito íntimas com ela.

— Mas a Triana não é lésbica. Você andou com ela — Pastor queria uma explicação.

— Não. Tenho certeza que não. A Gaby foi um caso isolado na vida dela. Ao contrário. Na época, se a Gaby não a tivesse tirado de mim, acho que teria me casado com ela. É uma mulher direita como poucas que conheci. A partir daí, eu e a Gaby ficamos inimigos, e nenhuma ideologia nem nenhuma política podem mudar isso.

— Então, está claro — concluiu Pastor —, ela tem o mesmo número que nós e o Moreno. O Fratelli não deve ter acreditado que a relação entre elas ia durar. Você acha que poderíamos agora, de comum acordo, dar outro destino ao dinheiro? — perguntou, esperançoso.

— Acontece que aquilo que então eram matizes, pontos de vista divergentes sem muita conseqüência prática, hoje são abismos. Tudo o que tínhamos em comum ruiu ou foi demolido, não existe nenhum projeto ou utopia que nos reúna — expôs um Colombo lucidamente frio.

— Depende — objetou Brianza —, depende do que cada um esteja pensando. Poderíamos pelo menos nos pôr de acordo sobre o fato de que não estamos mais de acordo. Poderíamos decidir repartir o que resta de forma que todos fiquemos satisfeitos. Como uma sociedade anônima que liquida seus ativos. Temo, entretanto, que isso seja impossível, e por culpa da Gaby.

Por culpa da Gaby? Aqueles fundos tinham sido conquistados sob bandeiras vermelhas, ao som de clarins e marchas de vitória, num cenário de discursos em praças lotadas e punhos levantados. Talvez tivesse sido uma loucura. Mas ninguém se sentia no direito de recuperar a prudência e conservar o dinheiro. Para alguns, já era muito ter conservado a vida. O pacto tinha sido "revolução ou morte", e, como não tinha sido revolução, tinha que ser morte. Gaby, com sua forma tão particular de fidelidade àquelas idéias, estava ali para lembrá-los disso.

— O Fratelli, por algum motivo, deixou o dinheiro dormindo — Colombo tentou dar um toque de realismo.

— Isso também não está claro — falou Pastor suspirando, um pouco desanimado. — O Fratelli podia resolver sozinho ou tinha que prestar contas a alguém?

Brianza tinha contado sua história com muita vivacidade, mas agora de novo baixava a cabeça como se estivesse arrasado, enquanto os amigos discorriam.

— Vocês não entendem — disse, balançando a cabeleira branca. — A Gaby quer tudo para ela, sabem quem é a Gaby? Ela quer dar o golpe, piratear o butim, fala que "vocês não têm nenhum direito", e ela acha que tem, diz que tem, age como se tivesse.

— Mas lhe falta uma parte do número. E, sem essa parte do número, sabem onde enfia o direito, né? — insistiu Colombo.

Brianza voltou a tentar trazer os amigos para o que ele considerava a realidade das forças em campo.

— Não a subestime. A Gaby conversa com ministros, provê os amigos de tudo o que necessitam, charutos, drogas e coisas mais delicadas; tem vários nomes, todos diferentes daquele que nós conhecemos. Anda de avião como quem vai comprar erva-mate no armazém da esquina. Conhece e influencia jornalistas, escritores e diretores de bancos. Mais de uma vez ditou artigos para um famoso jornalista, conhecido meu, que, por incrível que pareça, me confidenciou isso para se exibir.

— Bom — disse Colombo sempre prático e agora um pouco irônico. — O que podemos esperar que ela faça se não lhe dermos o número? Vai suicidar todo mundo, como fez com o Fratelli? Vai falar mal de nós nos jornais? Vai cortar o nosso crédito? Vai nos privar de charutos, de coca e de mulatas adolescentes?

Pastor riu, pensando que para privá-lo de mulatas teriam que jogar uma bomba atômica em Las Piedras. Sua fama de jogador de futebol e de machão não poderia ser arranhada por nenhum dos jornalistas que a Gaby conhecia. Crédito já não tinha; e não fumava nem se drogava.

Brianza estava sério. Ele, como Marambio, tinha o que temer de Gaby. Ator de televisão conhecido, com alardeado gosto por carros grandes e novos, uma casa em construção na Barra de Maldonado, tinha vários financiamentos, que, se fossem fechados, poderiam sufocá-lo. Sua fama, por outro lado, estava a salvo. Seu público era muito popular e pouco influenciável pelos críticos intelectuais do tipo que Gaby manipulava. Alguns diziam que ele era o novo Roberto Barry. Tinha de fato grande talento cômico e era um ator dramático respeitável, como dava para perceber por sua atuação em alguns papéis secundários em filmes argentinos. Se algum funcionariozinho tentasse sujá-lo, só conseguiria dar-lhe publicidade. Que manobras Gaby poderia tentar com os canais de televisão? Ele não tinha idéia, mas, em princípio, não era um meio favorável para ela. Suspirou.

— O suicídio do Fratelli, se é que foi suicídio, não me sai da cabeça, não consigo me conformar. Até entendo que, se alguém toma uma decisão como essa, não se preocupa em deixar tudo em ordem. Por outro lado, não posso imaginar o Fratelli fazendo isso. Não combina com ele. Não posso deixar de me perguntar se a Gaby não o terá ajudado, interrogatório prévio, a passar para o outro lado.

Colombo não concordava.

— Eu não vejo como dar um tiro no Fratelli poderia servir para obter uma colaboração ou uma confissão. Isso também não combina com o resto. Não temos nada a ver com o apuro da Gaby. O que tem que ser explicado é por que ela foi aparecer por aqui justo nesse momento. Mas deve haver alguma outra explicação. Ela não deve ter atirado nele.

Isso despertou a curiosidade de Pastor.

— Como você sabe que ele deu um tiro em si mesmo?

— Liguei para a Amalia para dar-lhe pêsames, e para perguntar se precisava de alguma coisa. Fiz isso também em nome de vocês, ofereci nossos serviços para o que fosse preciso, e prometi que estaríamos amanhã no enterro. Tenho intenções de dar uma passada à noite pelo velório. Acredito que poderemos aproveitar para ficar sabendo de mais alguma coisa. A Amalia me contou que ele mesmo tinha confessado que atirou em si mesmo. E que errou. Não me estranha. Sempre esteve mais na estratégia e na teoria do que na prática das armas. Não sabia por que lado se pega um revólver — protestou Pastor, resmungando que não se deve falar mal dos mortos. — Não estou falando mal, vocês acham que, nessa altura do campeonato, falar que não sabe atirar com uma 45 é falar mal dele?

Brianza reagiu.

— Como assim errou? E do que ele morreu? De tifo? — Não podia conter sua veia cômica.

— Errou o coração, e atirou no fígado. Morreu mais tarde disso mesmo, parece. Não deu para fazer muitas perguntas para a Amalia, no estado em que ela estava. Entendam.

Pastor interveio.

— O Fratelli não tinha uma 45. Com uma 45, mesmo se acertasse um tiro no pé, morreria de hemorragia em poucos minutos. Ele tinha uma Beretta 6.32. Tentar se matar com isso demonstra sua ignorância. Como vocês dizem que isso não é falar mal dos mortos, posso falar.

Brianza arregalava os olhos.

— E quanto tempo ele ficou no hospital?

— Não sei. Não me animei a perguntar.

♥♦♣♠

Quando o tempo abriu, assaram chouriço e um pedaço de carne no pátio traseiro da oficina, entre mato crescido, carrocerias enferrujadas e eixos de carros velhos, e comeram em silêncio. Colombo os tinha convencido de que não havia muito a temer de Gaby, mas tampouco dispunham de alguma coisa para pressioná-la. O dinheiro parecia mais longe do que nunca.

Mas nem Brianza nem Pastor podiam se resignar a abandonar a idéia de usar o dinheiro para algum projeto. Brianza era ambicioso, e tinha uma noção muito precisa do que significava o poder de impulsionar projetos, de realizar idéias. Sabia por experiência. Vivia num meio em que as idéias brilhantes abundavam e escasseavam os meios para realizá-las. Na sua vida profissional, tinha sentido na carne a diferença que podia fazer a intervenção de um editor ou de um produtor poderoso, com meios financeiros para apoiar investimentos em grandes projetos. Sonhava ter uma editora, ou uma produtora. Bastava um capital inicial, mas tinha que ser um capital considerável. Saberia encontrar sócios dispostos a participar dessa aventura com ele. Tinha certeza de que, ao cabo de poucos anos, poderia restituir com acréscimo o capital empenhado. Por aí iam seus sonhos, contrariados, imaginava, pelo obstáculo Gaby.

Pastor sonhava em outro registro. A juventude estava abandonada ao deus-dará, sem ninguém que a ajudasse a se encontrar e canalizar seus desejos de progredir, sem meios para levar adiante uma carreira esportiva ou artística, e menos ainda empreendimentos comerciais ou industriais. Os jovens jogadores de futebol tinham em Pastor um treinador severo e exigente, mas seu trabalho era uma gota no mar, e seu clube sobrevivia por milagre. Era um modesto e isolado clube de futebol e bocha, mas não um local de encontro de jovens, com atividades múltiplas e variadas. Gostaria que Brianza o ajudasse a formar um grupo de teatro, tinha pedido a Santi para organizar um curso de cerâmica e sonhava com um círculo literário, para promover jovens escritores e poetas, organizar concertos, ter um grande local com salas apropriadas. No clube, quando chovia, ficavam limitados a conversar em volta do bar. Alguns ainda falavam na revolução, mas ele já não esperava nada dessa senhora. Tinha acreditado naquele tempo, porque tinham prometido uma ação do "Estado do povo" pelos jovens. Todo isso tinha caído no esquecimento. Não esperava mais a revolução, mas não sabia o que esperar. Aquele dinheiro poderia ser providencial e ajudá-lo a realizar aquilo que ele via como o objetivo da sua vida. E agora o obstáculo era Gaby e sua famosa revolução. Precisavam conversar. Ainda não tinha perdido todas as esperanças.

Colombo os conhecia muito bem. Concordava com ambos. Gostaria que tanto os projetos de Pastor quanto os de Brianza se realizassem. Mas sabia, muito a seu pesar, que os tempos eram duros e os corações mais duros ainda. Tentou, mais uma vez, introduzir um elemento de realidade nos sonhos dos amigos, que pareciam concentrados somente em Gaby, para que fossem prudentes e soubessem a que se ater:

— Mas vocês acham que, para dispor do dinheiro, basta um acordo com a Gaby? Pensem um pouco. Por que o Fratelli caiu? E você, e eu? Por que tivemos que ficar na clandestinidade? Por que a Gaby teve que fugir para a Europa? E o Moreno, e a Triana? Acham que somos nós que decidimos sozinhos? Agora vocês falam como se a Gaby fosse a mamãe que não os deixa brincar. É bom sonhar, mas vocês estão com a cabeça nas nuvens. Os agentes da companhia continuam atrás dela, isto é certo, podem crer. Esse dinheiro traz mais problemas do que soluções.

— E o que você propõe, então? Dar o dinheiro para a Gaby e assim deixá-la também com os problemas? Fingir que não estamos nem aí? — Pastor não estava impressionado, parecia-lhe que o amigo exagerava, que estava com paranóia da segurança, como costumava ocorrer com quem tinha estado na prisão. Brianza preferiu ignorar o que Colombo dizia, para poder continuar sonhando com a sua idéia.

Colombo não tinha resposta para isso, precisaria de provas, e não podia trazê-las. Pelo menos não no momento. Tinha dito o que queria dizer e começou a se preparar para ir ao velório de Fratelli, como tinha prometido a Amalia.

VI. Velório

Em Sayago, depois do chá, Justa e Santi voltaram a ficar sozinhas. Justa queria falar sobre Moreno, estava nervosa pensando que ia vê-lo no dia seguinte e se perguntava o que restaria dos seus sentimentos por ele. Tinha passado por dois casamentos e pela criação de quatro filhos, já adultos e bem encaminhados na vida. Sentia-se quase pronta para um verdadeiro amor.

Mas Santi não a ouvia, estava com a cabeça em outra coisa. Terminou de pé a xícara de chá e comeu os últimos bolinhos de banana que a mãe de Justa tinha feito, explicando que tinha que ir ao centro. O importador dos materiais para o mosaico no qual estava trabalhando não fazia nada e ela precisava ficar em cima. Era verdade, e por um instante esteve convencida de que saía exclusivamente para isso.

Pegou a Millán rumo ao centro, inquieta com as falhas do motor do Fiat, "tenho que levá-lo para o Colombo", pensou, e imaginou Justa em roupa de baixo exibindo coxas e decotes. Pensou que preferia pagar pelos consertos, seja como for ele lhe cobrava o mínimo. A imagem de Amalia, a mulher de Fratelli, veio-lhe à mente. Decidiu passar pelo velório, sentindo que, na verdade, tinha saído para isso.

Deteve-se um instante, por senso de obrigação, na loja do importador, na rua Constituyente, para ouvi-lo repetir pela enésima vez, com fé inquebrantável e voz firme, que o trâmite estava praticamente terminado e que na semana que vem, sem falta, ela poderia retirar a mercadoria. A segurança do comerciante devia ser contagiosa ou ter efeito calmante, pois Santi se deixou convencer e foi embora, com a sensação de missão cumprida e em paz com sua consciência, rumo ao velório. Este se realizava na casa onde Fratelli tinha vivido os últimos anos, perto do parque Rodou, como era costume antigamente. Agora os velórios eram feitos nas empresas do ramo.

Era uma casa tradicional térrea, dando para a rua, com porta de dois batentes, grade, pátio, clarabóia, sala de jantar com saída para o pátio, corredor levando aos dormitórios e outras dependências. No cômodo da frente, com janela e balcão sobre a rua, o escritório do Fratelli, com pilhas de papéis e livros, ainda morno da sua presença estudiosa. Nos fundos tinham construído um anexo, com um dormitório e um banheiro. Não havia ataúde nem câmara-ardente; o corpo de Fratelli ainda estava no necrotério. Só havia enlutados, amigos com caras sérias e coroas de flores. Identificou uma pessoa do órgão para o qual Fratelli trabalhava, outra da Federação de Professores, e a cesta de flores com o nome dela e de Justa. Um pouco escondida mas visível, a coroa do Clube Social e Esportivo de Pastor, única e muito discreta presença da célula, da militância política revolucionária e dos anos de cárcere do falecido. A parte provavelmente mais importante da sua vida, considerando-se anos, esforços, dores e preocupações.

Não conhecia ninguém; pensou que não conhecia ninguém daquela vida pública e aberta do Fratelli, só Amalia, a quem havia visto uma ou duas vezes. Foi até ela para cumprimentá-la e dar-lhe os pêsames rituais. Abraçou-a, beijaram-se. Amalia deixou cair algumas lágrimas e ela também, sem tentar se conter. Eram lágrimas sinceras que havia horas estavam represadas, esperando para correr, e as deixou livres, para isso servem os velórios. Amalia cochichou alguma coisa no ouvido de Santi que ela não entendeu e tomou como uma daquelas queixas que os viúvos costumam pronunciar nessas circunstâncias. Mais tarde compreenderia.

Quando se retirou do círculo da viúva, uma mulher a tocou no braço. Virou-se e viu a seu lado a enfermeira do Ospedale Italiano que havia cuidado de sua mãe na fase terminal. A lembrança estava associada a uma disponibilidade serena e compreensiva. O nome dela voltou-lhe à mente, chamava-se Vicki. Não tingia os cabelos, que eram grisalhos e bem curtos, tinha aproximadamente a mesma idade de Santi; parecia magra e estava vestida com uma roupa um tanto larga.

Em Monte o acaso, ou a casualidade, é uma força com a qual se deve contar. Nunca se deve descartar o encontro imprevisto, ou a coincidência improvável.

Santi não se lembrava se a tratara por "você", mas tomou essa liberdade:

— Olá! O que você faz aqui? Conhecia o Fratelli?

— Que coincidência! Travei relação com a Amalia durante o tempo em que ele esteve em recuperação, na unidade de terapia intensiva. É raro eu fazer amizade com os pacientes ou familiares. Prefiro não ter vínculos afetivos com eles. De outro modo seria muito doloroso, sabe? Ele foi uma exceção. Você o conhecia de onde?

Santi sentiu que não podia responder a essa pergunta sem mentir ou dizer muito dela mesma e de seu passado. Pensou que, se a polícia irrompesse no velório quando toda a célula estivesse reunida e perguntasse a cada um de onde conhecia o Fratelli, teria recebido outras tantas mentiras transparentes e improvisadas. Não tinha preparado nenhuma versão apropriada para inocentar a relação que tinha com Fratelli. Naquela Época isso se chamava "não ter verso". Acabou fazendo uso da verdade ou, pelo menos, da parte menos comprometedora.

— Eu o conheci há muito tempo, quando freqüentava a Faculdade de Humanidades, já nem me lembro por quê. Sabia que ele foi professor?

Em circunstâncias normais, a resposta evasiva de Santi deveria ter sido correspondida com uma discreta e bem-educada retirada. Mas Vicki, aparentemente, não podia se dar ao luxo de ser discreta e bem-educada. Insistiu.

— Mas você era muito amiga dele?

Havia uma interrogação no gesto dela, uma expectativa, que Santi evidentemente tinha decepcionado. O que Vicki queria saber? E, além disso, o que Vicki sabia que a deixava tão curiosa? Foi talvez uma intuição o que fez com que Santi se jogasse de cabeça.

— Mais que amiga. Arriscamos juntos a liberdade e a saúde, numa vida que não tem nada que ver com isso que você está vendo aqui ao seu redor. Vamos até o escritório do Fratelli, lá se pode ver um pouco daquilo que ele realmente era.

— Eu tenho uma idéia. Conversei um pouco com ele. Você é amiga da Gaby?

De início Santi tentou devolver a pergunta.

— Você conhece a Gaby também?

— Não. Só quero saber de que lado você está. A Gaby foi visitá-lo várias vezes, quando ele quase não conseguia falar, e foi praticamente a última pessoa que o viu com vida, quando já se pensava que estivesse fora de perigo.

— Como? O Fratelli não morreu logo? Disseram que ele tinha se suicidado.

— Pode ser. Seja como for, foi o que ele declarou, quando conseguiu falar, e também foi o que a Amalia disse. O ferimento no fígado não é muito típico de um caso de suicídio, e eu já vi muitos.

O coração de Santi batia tão forte que ela mal conseguia ouvir o que Vicki dizia.

— Um ferimento no fígado?

— É. Uma bala do seu próprio revólver atravessou o fígado dele. Se fosse encontrado morto com um ferimento assim, jamais se iria pensar num suicídio. Mas ele pôde testemunhar, tanto que ninguém foi procurar pêlo em casca de ovo.

— E quantos dias ele ficou lá, entre a vida e a morte?

— Quatro. No segundo já conseguia falar, e parecia que estava evoluindo bem. Mas havia o perigo de uma hemorragia interna, e foi isso que o derrubou. Pouca gente o visitou, ele não devia falar nem fazer nenhum esforço. A própria Amalia não estava autorizada a passar mais que quinze minutos por dia com ele. Não conversamos muito, porque eu devia justamente impedir que ele falasse. Por isso me pareceu tão estranho que a tal Gaby tenha conseguido autorização para visitá-lo, contra a vontade expressa da Amalia.

— Como ela conseguiu?

— Não sei. A ordem veio de cima. Ninguém pode dar ordens ao médico encarregado de um paciente, mas assim foi. Uma alavanca mais forte do que a fechadura. E a sós. Como então ele já estava melhor, mais forte, pensei que não haveria conseqüências. Mas, quando a Gaby foi embora, ele estava morto.

— E o que foi que a Amalia falou?

— Fez uma cena quando a Gaby apareceu com o passe livre para visitá-lo. Chamou-a de puta, vendida, comunista, tive que mandar dois enfermeiros tirá-la de lá. A Gaby não se alterou. Ele se surpreendeu ao vê-la, mas era evidente que a conhecia. Quem é ela?

Olhou para Santi, que estava pálida e parecia sufocada, abria a boca e não conseguia falar nada. Santi não sabia o que dizer, nem o que pensar. Precisava digerir aquilo que tinha acabado de ouvir. "Pode não significar nada, talvez não tenha importância", tentou pensar, para fugir da certeza de que era justamente o contrário.

— É muito complicado. Estou enjoada, me sentindo mal, preciso tomar alguma coisa. Ar. Vamos para outro lugar.

Amalia se aproximou. Sombria, vestida de preto, despenteada e sem maquiagem, umas mechas cinza desgrenhadas caindo no rosto. O rosto da tragédia.

— Santi, ouça bem. A Gaby não põe os pés aqui. Que não apareça por aqui porque não me importa mais nada, eu a mato! Aquela puta maldita, a mesma que o mandou para a cadeia, andava outra vez rondando, farejando a braguilha dele, e agora o matou! Ela vai me pagar por isso. Que não apareça por aqui, diga isso a ela. Eu estou avisando.

Santi e Vicki, mudas, ficaram olhando Amalia dar a volta e retornar para o seu canto escuro. Tinha falado em voz baixa, com um sussurro violento, como um assobio de víbora. Saíram. O sol e a luz do dia pareciam irreais.

Foram com o Fiat Uno de Santi até um bar na avenida Artigas, do lado da Faculdade de Engenharia. Acomodaram-se numa mesa do lado de fora. Santi pediu uma grapa com vermute, Vicki, uma pura, sem nada.

"*Straight*", disse o garçom, e saiu rindo e olhando para as pernas de Santi, que não estava vestida para ir a um velório. O olhar do garçom a fez perceber isso, e se preocupou retrospectivamente com sua entrada na casa de Fratelli, o que teriam pensado Amalia e suas amigas. Amalia!: "andava farejando a braguilha dele", quer dizer que a Gaby e o Fratelli se encontravam antes do suicídio, ou o que quer que tenha sido, do Fratelli. Sim, mas o que tinha sido? E, se não tinha sido suicídio, quem tinha acertado uma bala no fígado dele? E, sobretudo, por quê? Sabia o que os outros iam pensar, mas ela não achava que Gaby pudesse dar esse passo. Tinha a sensação de que Vicki não lhe havia dito tudo o que tinha para dizer. Encarou-a.

— E você o que acha, afinal, da morte do Fratelli? Foi suicídio? A Gaby desligou os aparelhos quando esteve sozinha com ele? Do ponto de vista médico, podia morrer assim, naturalmente?

— Sim. Continuava em estado crítico, e o diagnóstico era ainda muito reservado. Não entendo como o deixaram sozinho com a Gaby. Pode-se averiguar se ela o desconectou examinando o laudo da autópsia com olhos críticos. Por outro lado, se ela lhe deu um pontapé e provocou uma hemorragia mortal, é mais difícil descobrir. Essa tal de Gaby tinha alguma coisa com ele, como diz a Amalia? Além disso, notei que você o chama de Fratelli, da mesma maneira que a Gaby, eu a ouvi cumprimentá-lo.

Para ela era evidente sobre o que Gaby e Fratelli haviam conversado. Mas não podia contar isso a Vicki. Além disso, sabe-se lá em que quebradas a alma do Fratelli tinha andado nesses anos todos. Duvidou. Não imaginava aqueles dois falando de amor. Mas, ao fim e ao cabo, talvez não os conhecesse tão bem como imaginava.

— Não acredito que houvesse entre eles o que a Amalia pensa. Você viu o Fratelli com a Gaby, pareciam apaixonados?

— Não. O Fratelli se mostrou surpreso, porém nada mais. Eu tinha visto a Gaby dois dias antes, quando ela tentou ver o Fratelli e não deixaram. Naquele momento ela falou que era uma amiga e que era muito importante que pudesse falar com ele.

"Então estava a par desde o começo", pensou Santi, e terminou a grapa. A história e a suspeita, que a assaltava desde que soubera que Gaby tinha visitado Fratelli no hospital, a deixavam doente.

Chamou o garçom, deixou que a saia subisse um pouco mais, pediu outra, sorriu, teria ido com ele aos brinquedos perto do parque Rodou, para andar no trem-fantasma, ter medo e beijar-se na escuridão. Alguma coisa para não estar neste sol e nesta realidade.

Vicki notou o mal-estar de Santi. Decidiu-se a fazer a pergunta que a incomodava e que a tinha levado a abordar Santi.

— Quem é a Gaby? O que ela é?

Santi sentiu que não podia responder. Sabia ela realmente quem, e o quê, a Gaby era? Se contasse a Vicki tudo o que sabia, não faria mais que lhe transmitir sua perplexidade.

— No fundo eu também não sei. E me faço as mesmas perguntas. Dá para obter o laudo da autópsia, para ver se conseguimos entender do que o Fratelli morreu?

— Tenho que ir. Você vai amanhã ao enterro?

— Sim. Então nos vemos.

♥♦♣♠

Colombo lavou as mãos com solvente, escovou as unhas e passou creme. Tomou banho, tirou do guarda-roupa o velho terno escuro que usava para ir a casamentos e enterros, bastante fora de moda e um pouco largo, a camisa branca, a gravata e os sapatos pretos. Alisou o cabelo nas têmporas, o pouco que sobrava, que usava curto.

Era em parte o mesmo ritual que cumpria quando ia se encontrar com Justa e que sempre lhe causava a emoção da lembrança. Deixava-o de bom humor, embora os encontros com Justa tivessem virado história há anos. Justa o havia trazido de volta à vida, tinha lhe dado sua cota de luxos e sensualidades, fazendo com que voltasse a ser um homem satisfeito e seguro de si mesmo. Embora nunca tivesse sido apaixonada por ele, quanto a isso ela sempre tinha sido muito clara. E Colombo se perguntava, como outros, se Justa tinha se apaixonado alguma vez. Mas tinha lhe dado um carinho que o ajudou a curar as feridas dos anos de prisão. Agora eram amigos, uma amizade segura e afetuosa. Justa reconhecia sua experiência e sua reflexão e o consultava freqüentemente sobre questões que iam dos impostos para pequenos empresários a suas novas idéias sobre arquitetura de interiores.

Esquecia-se assim de que estava se preparando para um velório, não para um casamento. Ou, como Justa e Santi, mas não pelas mesmas razões, estava um pouco à margem da partida que os outros jogavam, todos, pelo dinheiro da Cisterna. Seu desejo não era aumentar sua empresa, nem trabalhar mais, ao contrário, pensava, antes, em se retirar pouco a pouco, deixando o peso da oficina nas mãos dos dois filhos homens, nascidos de seu primeiro casamento, já adultos e muito próximos dele. Desejava ter tempo para terminar a casa que estava construindo perto das matas do rio Santa Luzia. Costumavam sair por lá, ele e seus filhos, em grandes expedições de caça das quais sempre voltavam com alguma presa. Um tatu ou outro animal, que em seguida cozinhavam segundo alguma sábia receita da cozinha campestre. Não era um homem do litoral e da praia, preferia passar dias e dias percorrendo as colinas desertas do norte do país e, além da fronteira, do Rio Grande do Sul.

Deixou a velha Ford F100, que funcionava como um relógio mas que consumia vinte litros a cada setenta quilômetros, e a Kombi, que não era para essas tarefas. Preferiu ir no 205, quase novo, que tinha para venda. Sua mulher olhou para ele quando estava saindo e pensou "parece que vai a uma festa". Não ia a uma festa, mas ia ao encontro de um acontecimento, ao desenlace de uma história da qual fazia parte. Sabia de antemão que não poderia ir à reunião de célula que se realizaria depois, na qual gostaria de dizer algumas coisas que vinha ruminando havia muito tempo. Quem sabe se teria outra ocasião para dizer umas boas ao Marambio e à Gaby, de colocá-los diante de um espelho no qual não se imaginavam. Não que lhes interessasse o que Colombo pensava. Sabia que o qualificavam facilmente de "pequeno-burguês". E, nas doutrinas classistas, o proletário é o personagem bom e revolucionário; ao pequeno-burguês é atribuído o papel de medíocre e traiçoeiro, e ao burguês, o de inimigo. Colombo não pensava segundo esse modelo. Nunca considerou que sua própria luta, seus valores, seus sonhos de uma sociedade mais justa e menos opressiva estivesssem representados pelos chamados países socialistas. Cuba, sim, mas só durante um tempo. E nisso, hoje, Brianza, Pastor e inclusive Moreno e Triana se sentiam como ele. Que curioso! Todos eles eram chaves. Do outro lado, Gaby e Marambio tinham encontrado seu lugar na burocracia. Um aqui e outra lá. Como peixes dentro d'água. Era uma questão de mentalidade ou tinha sido a sorte? Poderia ele ter acabado como a Gaby? Deixou a questão em aberto. Não tinha como responder. O que será que o Fratelli tinha feito para saber disso vinte e cinco anos atrás?

De terno, dirigindo o 205, parecia mais um homem de negócios, absorvido no movimento da cidade. Ligou o rádio. O noticiário dava a notícia da morte do Fratelli, com seu verdadeiro nome, verdadeiro cargo, verdadeiros do lado da luz. Do lado da sombra Fratelli era Fratelli, mas havia só uma verdade verdadeira ou mais de uma? Foi tomado por um grande desejo de unificação, de ser ao mesmo tempo verdadeiro com seu lado de luz e de sombra. De unir na sua vida, abertamente, o cidadão, o político e o mecânico. Pastor tinha razão, sua vida de treinador e seus projetos políticos eram tudo uma e a mesma coisa. Brianza era mais verdadeiro que ele, seu projeto para melhorar o mundo era ser produtor de cinema. Eles não tinham idéias políticas secretas guardadas numa gaveta esperando sua hora. Ele tinha sido um companheiro de estrada dos que sabiam aonde iam, e o que ele era agora com suas idéias secretas, quando já quase ninguém tinha idéias?

Chegou ao lado do porto e decidiu seguir pela Orla. A costeira o acalmava, olhar o mar, ter diante de si o amplo espaço que vai do porto ao parque Rodou. Seguiu mais em frente, afinal não tinha nenhuma pressa, e estacionou em frente ao Golfe; o dia ficara lindo e a costeira estava deserta. Estendia o momento. Um homem vinha a passo de marcha, acompanhado de um cão. Por que queria fazer esse momento durar? O homem passou. Cumprimentou-o. Conhecia-o, ou o tinha cumprimentado porque estavam sozinhos naquele descampado? Para não ficar mal, correspondeu. Entre cortês e amável. Mas tinha que ir, sentiu um nó no estômago. Arrancou, e poucos minutos depois já estava estacionando em frente à casa de Fratelli. Alguns homens com cara séria fumavam na calçada, as portas estavam abertas e da rua se viam coroas de flores colocadas no corredor de entrada.

Entrou, assinou e seguiu para o fundo para cumprimentar Amalia. Aproximou-se do círculo de enlutados, inclinou-se para abraçá-la. Amalia cochichou no seu ouvido "Não queria fazer isso, que horror, não queria".

Colombo não conseguia entender. Amalia o abraçou chorando e se separaram.

— O que é que você está dizendo, Amalia? Você não tem culpa.

— Tenho, sim, Colombo. Fui eu que atirei nele. Não foi por querer. Não sei lidar com essas coisas, fiquei furiosa, fora de mim. Eu não agüentava mais, entende? Ele estava saindo com a Gaby, aquela puta, encontravam-se às escondidas, eu sei porque o segui. Quando o pressionei ele negou, falou que era um assunto de política, que não tinha nada a ver com sexo nem com amor. O que é que você acha? A essa altura, vir com a desculpa da política? Nem que tivéssemos 20 anos de novo. Para provocar medo, o ameacei com o revólver, nunca na vida pensei em atirar, não sei como o tiro saiu. Ele caiu, colocou as mãos na costela, e falou "Que besteira você fez, Amalia! Dê-me o revólver, diga que me suicidei", e perdeu os sentidos. Você percebe? Até o último instante pensou em me proteger, não me recriminou nem um pouco — recomeçou a chorar, com soluços roucos. As amigas acudiram, e duas delas a levaram de volta para o seu canto, onde se sentou. Alguém lhe passou uma xícara de chá de tília fumegante, que exalava um aroma adocicado e fresco. Não tinham colocado na casa aqueles desodorizantes de ambiente que se usam nos velórios, porque ainda não haviam trazido o corpo e, possivelmente, porque se tratava de um enterro barato. Fratelli não era rico.

Colombo estava se sentindo enjoado. Não tinha mais nada para fazer ali. Saiu, despedindo-se com um gesto dos conhecidos. A luz do dia no calçamento de pedra da rua ainda úmida o reanimou. Passou pela rua Paysandú, para comprar peças de reposição, apenas peças pequenas, pois não tinha vindo com a caminhonete, e prosseguiu em direção a Las Piedras.

Dirigindo de volta para casa, se pôs a pensar. Pensava melhor dirigindo. O que mudava com a confissão da Amalia? Primeiro, que o ferimento e a morte do Fratelli tinham sido acidentais e não uma extrapolação da negociação com a Gaby, pela questão do dinheiro e sabe-se lá mais o quê. Segundo, que novamente parecia ser a fatalidade que decidia os seus destinos, que embaralhava e dava as cartas. A fatalidade, que nesse caso se servira da Amalia, do seu ciúme, do seu amor simples e singelo pelo Fratelli. A Gaby era inocente, pelo menos de ter atirado nele, e Pastor estava enganado. Do ponto de vista da Gaby, o pássaro tinha voado antes que pudesse depená-lo, e por isso agora precisava dos outros.

VII. Balsa

Santi tinha dormido em Sayago e durante o café-da-manhã voltou a conversar sobre o assunto com Justa. Santi contou o que Vicki tinha dito e sobre a advertência de Amalia. Apenas os fatos. Justa ouviu, e falou em seguida.

— Você parece o *New York Times*. Não disse o que acha disso tudo, ou não tem opinião?

— Não, não tenho. Não tenho uma opinião, tenho quinhentas. O Fratelli se suicidou e não se suicidou, estava com a Gaby e não estava. A Gaby o matou e não o matou. A Gaby foi visitá-lo porque o amava e foi visitá-lo somente por causa do dinheiro. Por isso, deixo que você opine, quem sabe consegue esclarecer alguma coisa.

— Posso admitir que o Fratelli tenha se suicidado. Quem não? Mas que o tenha feito justo quando a

Gaby andava "farejando a braguilha dele", como tão lindamente diz a Amalia, é mais difícil de engolir.

— Ponto. Mas então somos obrigadas a chegar à conclusão de que não quero, resisto, me recuso a admitir: que a Gaby possa tê-lo ajudado.

— E o que você vê de impossível ou de estranho nisso?

— Não me convence. Como realidade é muito truculento, tosco, grosseiro. Não tem a ver nem com o Fratelli nem com a Gaby. Digam o que quiserem, mas a Gaby não era, e tenho certeza de que não é, uma açougueira mercenária. Tem alguma coisa nisso tudo que não bate.

— Ponto, empatamos, um a um. Quer outro pão com manteiga e doce de leite? Como você faz para comer assim e não engordar? Por que isso não é contagioso?

— Esse assunto me tira a fome. Espero que a Vicki traga algum elemento novo à tarde.

Partiu mecanicamente um pedaço de pão com manteiga e limpou uma colher de doce de leite em cima, mas o fez com um gesto de dúvida, sem convicção.

— Tem idéia de quando o Neno e a Triana chegam? Não seria melhor que nos víssemos antes?

— Naquela Época isso teria sido chamado de fracionalismo. Agora deve ter outro nome, o Moreno mexe com você, né?

— Ah, bobagem — Justa se esquivou e mudou de assunto. — Por fim todo mundo sabe e finge ignorar. O enterro vai ser uma partida de truco de mentirosos — comentou, resumindo.

— O que sabem, o que sabemos? — gesticulou Santi, com o pão com manteiga na mão. — Primeiro, ninguém sabe os dois números. Segundo, ninguém sabe, ou quase ninguém, por que o Fratelli se suicidou, nem se de fato se suicidou.

— Além do mais — Justa achou necessário particularizar —, hoje cada um tem uma idéia diferente do que faria com o dinheiro. Mas aposto que quase ninguém está indiferente.

— O que também sabemos — acrescentou Santi — é a que compromisso se pode chegar. Vou começar a achar que um velório pode ser apaixonante. Minha próxima escultura vai ser um caixão com imagens de dólares, foices e martelos, pó branco, estrelas solitárias e punhos esquerdos dissimulados nas alças. E vou vendê-la por vinte milhões de dólares.

— Você não deve ser a única a delirar com os vinte milhões. Parece que todos sonham e especulam com o mundo do "depois". É o último ovo do dinossauro revolucionário e nós vamos incubá-lo: vai ser um filme de terror tipo *Parque dos Dinossauros*.

— Amém — concluiu Santi, que já pensava no seu caixão.

♥♦♣♠

Enquanto Santi e Justa tomavam o café-da-manhã, a balsa que trazia Moreno e Triana cruzava o rio lamacento. Na proa, Moreno observava vigilante o horizonte.

A costa uruguaia não se via, se adivinhava. Lá, ao fundo da extensão de água barrenta, a linha do horizonte começava a tomar corpo numa fina camada de névoa que ia se condensando pouco a pouco na forma de uma língua de terra, sua terra.

Moreno esperava impaciente que os contornos se definissem, que a nuvenzinha afirmasse seu caráter de terra firme, como uma menina se transforma em mulher. Por instantes tinha a impressão de que a via, que estava ali. Seu velho, querido e insultado rincão. E logo o perdia, o marrom incipiente voltava ao cinza, a forma se dissolvia em outras nuvens. E tornava de novo a aparecer. Enquanto isso, suas idéias, tão claras em Gênova, passavam por processo inverso, se liquidificando numa confusão enevoada. À medida que a imagem da sua terra e da sua cidade ia ficando mais nítida, as relações que mantinha com seus antigos companheiros e com seu passado pareciam mais complexas e contraditórias. Estavam ou não saldadas as contas, estavam ou não apagados os rancores e as ambições? Temia ou não temia essa cidade da qual tinha fugido com o terror nos calcanhares?

— Tenho para mim que somos chaves — disse Triana, ao lado de Moreno, sem deixar de olhar fixamente para o horizonte.

— Estive pensando — respondeu Moreno. — Se fosse o caso de dividir para reinar, o Fratelli teria que opor o Marambio ao Brianza. E o Marambio só pode ser mensagem. É o que eu acho, não sei por quê.

— Porque foi ele quem a criptografou, segundo me contou. O Fratelli teria ficado com medo de que ele se lembrasse de cor de uma boa parte. Mas, se fosse assim, acho que a Gaby não teria nos chamado.

— Ah, é? Por quê?

— Intuição feminina. A Gaby podia tirar o que quisesse do Marambio, e o Fratelli suspeitava disso.

— Bom, joguemos com essa carta. Então o Marambio é mensagem e, pelo visto, a Gaby também. O Brianza é chave, e nós estamos com ele, porque não pode ser de outro jeito.

— Vejamos — disse Triana, pegando lápis e papel, e esquecendo-se por um instante da costa que se aproximava, com seus frigoríficos abandonados e as praias do Cerro. — Vamos fazer um quadro, para ver no que dá.

Triana desenhou o seguinte quadro:

	MENSAGEM	CHAVE
Fratelli	X	X
Marambio	X	
Brianza		X
Gaby	X	
Triana		X
Moreno		X

Dava para ler nas entrelinhas as precauções que atribuíam a Fratelli. Marambio e Brianza eram rivais.

Uma aliança entre eles poderia reconstituir a mensagem, mas fazia sentido que fosse assim, porque, na concepção de Fratelli, eles eram politicamente complementares. O intelectual e o proletário.

Gaby poderia seduzir Marambio, inclusive ideologicamente, pois ele era mais permeável à argumentação racional do marxismo-leninismo. Não daria certo com Brianza, que, como Triana dizia, não deixava passar uma transa. Nem com Moreno, porque ele tinha perfil de ideólogo e rivalizava um pouco com Gaby.

Moreno e Triana, por outro lado, eram como irmãos em tudo mas não eram complementares politicamente. Também não havia o perigo de uma aliança entre Triana e Gaby. Desde o rompimento, havia se instaurado nas duas mulheres uma desconfiança mútua só comparável ao amor tórrido que um dia professaram.

Passam o Cerro. Um passageiro, diante dessa montanha ou montículo, com sua experiência pampiana certamente inédita em coletivos e metrôs, pergunta do que se trata. Moreno não pode acreditar que alguém não conheça o Cerro e acha que é uma brincadeira. Triana, mais samaritana, conta a lenda, uma delas. É preciso imaginar a costa deserta, a baía em seu estado natural, o explorador chegando do outro lado do mundo, vendo o promontório, e nomeando-o para sempre com a primeira frase ingênua pronunciada pelo vigia. A colina deu seu nome à baía, e a baía à cidade, que nasceu muito depois. O pampiano não acompanha toda a história ou lenda, parece-lhe que Triana está dando bola para ele, responde com uma cantada na qual o Cerro e Triana aparecem relacionados. Ela domina a situação, desembaraça-se e o afasta com maestria. Moreno nota que Triana está em excelente forma física, vestida agora para abordar a *Muy Fiel y Reconquistadora*. Pensa em Fratelli, que desfrutou essas nádegas generosas, como pôde se suicidar?

A figura de Triana o leva inevitavelmente a pensar em Justa. Um desejo puxa outro. Justa que está ali, nesta cidade. Justa que sabe de tudo mas que sempre manteve distância. Mas exatamente o quanto Justa sabe de tudo isso?

Triana, que detectou o olhar que baixava da sua cintura até as sandálias de salto e seus pés descobertos, bem como o semblante nostálgico que se seguiu, adivinhou-lhe os pensamentos.

— Mas quem de vocês teria se negado a contar alguma coisa para a Justa? Na verdade faziam fila. O Marambio, o Brianza, a Gaby e o próprio Fratelli, que apesar das aparências não era nenhum santo, eu é que sei. E, diga-se, dinheiro ela tem de sobra.

— Não exagere. Eu nunca contei nada disso para a Justa. Ou quase nada — Moreno pensou na vez em que quis impressioná-la contando sobre a Batuta e ela se distraíra na metade, mudando de conversa.

— Mas ficou com vontade. De contar e de outra coisa.

— De outra coisa não. Bom, na verdade fiquei.

— Agora se prepare. Estamos chegando.

♥♦♣♠

A balsa atracou no cais. Uma pequena multidão fervilhante esperava do outro lado das barreiras, tentando reconhecer amigos, pais ou irmãos entre os que, na coberta do navio, faziam o mesmo no sentido inverso. Na balsa quase não viajam homens de negócios, a não ser um ou outro sacoleiro extraviado. São raros aqueles que ninguém espera, os que chegam e vão sozinhos pegar um táxi.

Moreno se surpreendeu ao ver Justa e Santi no cais. Uma casualidade? Sempre é possível nessa cidade de telepatas. Nisso Triana começou a pular e a gritar, "Santi! Justa!", espalhando aos quatro ventos seus nomes de guerra, e muito tranqüilamente, visto que era uma guerra que, pelo menos para ela, estava terminada. Era uma afirmação da sua condição de ex-combatente, que Triana não se esquecia de frisar cada vez que voltava à cidade que a tinha exilado. Moreno deduziu que a presença das duas amigas não era fruto da telepatia mas sim do telefone.

— Não me falou que tinha avisado que chegaríamos — protestou Moreno com o olhar fixo em Justa. A chegada a Monte começava, como sempre, a derreterlhe os miolos.

— Havia um telefone por satélite no assento em frente ao nosso. Não pude resistir. Liguei enquanto você dormia, as duas estavam em Sayago.

Malas, alfândega, abraços, beijos. Mais abraços e mais beijos. E me conte, e tudo bem, e não me diga, com uma efusividade que fazia pensar que todos os motivos declarados da viagem, tanto o enterro do Fratelli como o destino do dinheiro, eram meras desculpas para se ver e se tocar.

E nisso aparece Colombo, que, este sim, ninguém esperava. Novas efusões de afeto, abraços e palmadas nas costas com Moreno, beijos com todas, cálculo dos tantos anos fazia que não se viam, mais que tal e por quanto vieram.

— Como soube que viriam? — perguntou Justa, temendo uma manobra de Gaby.

— Liguei para a sua mãe. Ela falou que vocês tinham saído para vir à balsa. Imaginei que Moreno e Triana, ou um dos dois, estavam chegando, e corri para cá. Acho que fiz bem. Tenho coisas para contar, mas o farei quando estivermos tranqüilos.

— Já recomeçam os mistérios, nem bem chegamos! — reagiu Triana, que queria continuar com a festa do encontro. Sentia-se como se estivesse em férias, e Colombo a trazia um pouco rápido demais à realidade.

— Sim — concordou Santi —, temos que conversar com calma, eu também tenho coisas para contar e não quero fazê-lo quinze vezes, a versão começa a ficar diferente a partir da terceira. Vamos para o meu ateliê, lá tem espaço, tomamos um café e conversamos. Depois levamos vocês para suas casas e deixamos vocês se acomodarem.

Foram para Pocitos em dois carros, Triana com Justa e Santi, Moreno com Colombo. As mulheres aproveitaram para falar dos maridos, passados e presentes, dos seus filhos, trabalhos e casas, mas perceberam que o tempo não dava para nada, chegaram quando mal tinham começado a conversar, e com vontade de continuar, chateadas por ter que mudar de assunto, para falar de política, de dinheiro e de relações de poder. O único consolo era que possivelmente poderiam falar um pouco mal de Gaby, e comentar aquele casamento tão sério, tão formal, da Amalia e do Fratelli. Prometeram-se continuar à noite depois do enterro. Triana ficou de ir dormir em Sayago depois de jantar numa churrascaria, estava louca por um bom churrasco.

Moreno e Colombo falaram da paisagem. Foram pela Orla e Colombo ia mostrando tudo o que a nova administração tinha feito, estava fazendo ou projetava fazer. Fazia alguns anos que Moreno não vinha a Monte, e a conversa com Colombo o ia informando, principalmente, sobre o clima político que se vivia na capital nos círculos afins às suas idéias. Já estavam chegando quando se deram conta de que não sabiam nada um do outro, em matéria de trabalho, família, casa e projetos, mas era muito tarde para começar, e combinaram de almoçar em Las Piedras com todos os rapazes para pôr a conversa em dia.

♥♦♣♠

Santi tinha um ateliê em Pocitos, numa casa antiga, uma linda Belo e Reborati, completamente renovada com a ajuda de Justa e de uma amiga arquiteta. Tinha construído no segundo andar uma espécie de jardim-de-inverno, com teto envidraçado e toldo removível, para evitar o calor do verão. Era ali que trabalhava. No pátio traseiro da casa, ao lado da churrasqueira, tinha um forno onde experimentava algumas das suas idéias e fazia as peças únicas de tamanho menor. A edição dos mosaicos, bem como das peças grandes ou em série, era feita num forno industrial.

Instalaram-se na sala, serviram biscoitos e puseram um chimarrrão na roda. Meio que falando todos ao mesmo tempo, contaram o que sabiam. Quando Santi chegou ao relato de Vicki e às suspeitas que este havia despertado nela, Triana pulou pedindo esclarecimentos sobre o ferimento do Fratelli. Foi então que Colombo as interrompeu pela primeira vez.

— Foi a Amalia que atirou no Fratelli — falou alto e claro, para que o ouvissem.

Fez-se um silêncio. Santi ficou de boca aberta no meio de uma palavra que pretendia ser uma interpretação. Triana voltou-se para ele com os olhos muito abertos, Justa tirou os dela de cima de Moreno e passou a ouvir com interesse.

— Passei pelo velório ontem à noite, e a Amalia chorou no meu ombro. No início eu não entendi. Mas ela me explicou, até com detalhes. A Amalia achava que ele estava saindo com a Gaby, fez uma cena de ciúmes e o ameaçou com a Beretta. O tiro saiu sem querer. A gente sabe que essas coisas acontecem. O Fratelli, antes de desmaiar, pediu-lhe que dissesse que ele tinha atirado em si mesmo, e aparentemente confirmou isso quando conseguiu falar de novo. Resta alguma dúvida?

Ficaram um momento em silêncio. Então se deram conta de que Fratelli, o homem, tinha morrido. Tinham estado pensando e especulando sobre Fratelli, o maquiavélico, o organizador e manipulador de tramas políticas. Deram com um drama de ciúmes e com um acidente trágico. Coisas que podem acontecer ao mais comum dos mortais.

Era muito tarde para voltar atrás, já tinham perdido a oportunidade de ignorar a morte do Fratelli como se fosse a de um parente distante. Estavam ali, o enterro seria logo à tarde, e a reunião também. Ninguém pensou em se retratar, ninguém achou que isso fosse útil nem necessário. Separaram-se sem mais, sabendo que voltariam a se encontrar dentro de poucas horas no cenário do drama, como personagens dele. No papel de pobres órfãos, herdeiros desnorteados de um tio distante e imprevisível que lhes deixou como herança um labirinto de ambições e conflitos.

VIII. Enterro

Todos foram vestidos para a ocasião. Muito formais. Brianza teve o cuidado de desligar o celular. Pegaria mal se tocasse no meio da cerimônia.

Gaby também o teria feito, mas não deu tempo. Assim que chegou, foi interceptada por Marambio, avisado por Justa, que contou como estavam as coisas com Amalia.

Marcaram um encontro na leiteria Conaprole de Pocitos para depois do enterro. Gaby resmungou que não era o lugar ideal, nem o mais discreto. Mas não tinham outro sobre o qual pudessem se pôr de acordo rapidamente.

O enterro transcorreu segundo o cerimonial habitual. Fratelli foi enterrado no cemitério do Buceo, no jazigo da família de Justa. Amalia era católica, e caminhava com o padre da sua paróquia de um lado e Santi do outro. Colombo ia um pouco atrás, com Brianza e Marambio, Pastor estava com Justa. Atrás de todos, Triana seguia lentamente com Vicki. Tinham se reconhecido quando Santi tentou apresentá-las. Haviam estudado juntas na Faculdade de Medicina até que uma se exilasse e a outra fosse expulsa. Agora iam falando da vida e de Fratelli. O cortejo não parou na capela do cemitério para a tradicional oração fúnebre, em parte porque Fratelli — militante anticlerical — não teria querido, em parte porque, como suposto suicida, suscitava uma certa resistência do padre, já bastante idoso e muito tradicional.

Moreno, de lado, olhava o desfile de caras cinza e compungidas pensando que algumas eram sinceras. E não só as de seus companheiros de célula; Fratelli era um homem querido por seus correligionários, colegas e antigas amantes. Lembrou-se do enterro do seu pai e da confusão de sentimentos contraditórios que o tinham assaltado então. Ao mesmo tempo: pesar pela perda; consciência de estar agora na primeira linha geracional; discreta satisfação pela nova independência e responsabilidade aumentada nas decisões quanto ao patrimônio familiar; nostalgia da segurança protetora do braço paterno; solidão. Olhou para os outros. Estariam sentindo a mesma coisa? De sua parte, nunca achou que tivesse se afastado muito das idéias que o Fratelli defendia. Afastou-se da paixão política, isso era o principal. Se o poder devia ser tomado pela revolução ou pelas eleições era, afinal, secundário para Fratelli. Moreno tinha se afastado da luta pelo poder, e era isso que o tinha afastado do Fratelli. Ele tinha aceitado sua condição de pequena engrenagem estrangeira sem maiores pretensões num país que, superficialmente, era parecido com o Uruguai. A experiência e o contato profundo são necessários para perceber o quanto são diferentes, apesar da *fainá** e da torta salgada, de "*belinún*" também ser um xingamento em dialeto *xeneize*** e dos genoveses terem os mesmos sobrenomes que os uruguaios, ou quase. Nesse contexto, tocar uma pequena empresa independente no mundo da indústria lhe parecia um feito pouco comum, embora nenhum dos seus amigos do Uruguai se desse conta disso. Para eles, a menos que voltasse famoso como milionário, presidente de uma grande empresa ou prêmio Nobel, ele seria sempre o mesmo Moreno que partiu, o rapaz inteligente e sem brilho, o militante generoso, retratado para sempre na foto do time perdedor.

Hoje Moreno se sentia mais próximo de Colombo que dos outros, incluindo Triana. As mesmas preocupações de pequenos empresários, as mesmas reflexões lúcidas e sem ilusões sobre a sociedade e o mundo da política, leituras compartilhadas com interesse. Não sonhava com nenhum destino grandioso para os mi-

---

*Prato típico uruguaio, de origem italiana, semelhante à *pizza*. (*N. do T.*)
**Dialeto levado pelos imigrantes italianos de Gênova para a região do Prata, que contribuiu para a formação do *lunfardo*, o espanhol usado pela população local. *Belinún*, tanto em italiano quanto em lunfardo, significa "tonto, bobo". (*N. do T.*)

lhões da Cisterna. E pessoalmente ambicionava pouco, se pudesse pagaria algumas dívidas e garantiria sua aposentadoria. Como bem tinha suposto Gaby, compraria uma casa de montanha em Mercantour ou nas Dolomitas. Onde entraria Justa em tudo isso?

Triana sentia um pesar sincero pela morte de Fratelli, mas o encontro com Vicki tinha feito com que isso passasse para o segundo plano. Como tinham tido pouco contato nos seus anos de Faculdade e militância, não se tratava de um reencontro. Não procuravam uma na outra a jovem que tinham sido, não se enquadravam naquilo que eram quando estudantes. Descobriam-se como mulheres maduras, com seu caminho percorrido, com suas opções e sacrifícios. Triana olhava para Vicki e via uma mulher como ela, independente e bem estabelecida, numa esplêndida maturidade sem nostalgias.

Brianza e Marambio seguiam lado a lado, caminhando atrás do ataúde de Fratelli para marcar que os unia uma comum homenagem àquele que tinha sido seu chefe e professor de política e estratégia. Não que algum deles tivesse se sobressaído como político ou estrategista. Ao contrário: o que *natura non dat Salamanca non prestat.* Ambos, definitivamente, tinham feito o que *natura* mandava. Brianza, ator e homem de cena, Marambio, professor e funcionário. Tinham colocado nisso grande esforço, talento e, cada um à sua maneira, tinham chegado longe. Hoje estavam em outra posição. As realizações das suas vidas, seus esforços, a posição eminente que cada um deles gozava na sua profissão ficaram de fora. Estavam ali os arcaicos rivais da célula, os lugares-tenentes de Fratelli que disputavam a preferência e os ouvidos do chefe. Caminhavam derrotados, nem um nem outro tinha conseguido a bênção.

Justa chorava. A morte de Fratelli tinha deixado de ser uma abstração e ali estava seu corpo naquele caixão fechado, que ia ser baixado à sepultura e coberto com uma pesada lápide de mármore. Tinha emprestado a Amalia seu velho jazigo de família, onde tinha enterrado seu pai, e não queria pensar que também a levariam, algum dia, do mesmo modo e para o mesmo lugar. A morte caminhava com eles em todos os pensamentos. É preciso agarrar-se à vida, dar-se as mãos, resistir. Fratelli havia cedido, e se abrira uma brecha na defesa. O inimigo estava em campo.

Santi estava ocupada tentando conter Amalia, que podia ter uma crise de nervos a qualquer momento, gritar que ela o tinha matado, que tinha lhe dado um tiro e que a culpa era de Gaby, e acabar na cadeia. O padre à direita de Amalia nem desconfiava e, num tom abrandado, falava dos Santos Sacramentos, tentando convencê-la a encomendar uma missa. Muito importante para tirá-lo do Purgatório, dizia, onde o coitadinho certamente estava, com um pouco de sorte, posto que tinha tido tempo de se arrepender antes de morrer. Com os nervos e o padre falando do Fratelli no Purgatório, tinha vontade de rir mais que de chorar e, para fugir dessa tentação, olhava para Justa, que estava feito um trapo, aos prantos.

Dois homens muito morenos de macacão azul com o brasão do Município baixaram o ataúde à sepultura e arrastaram a laje de mármore, tapando a entrada. Fratelli estava enterrado, ouviu-se um uivo de Amalia, e o cortejo começou a se dispersar em silêncio.

♥♦♣♠

Justa entrou na Conaprole cumprimentando os garçons. Gaby esperava numa mesa perto da janela, lendo *Le Monde*. A presença de Justa a contrariou. Na sua opinião, só tinham voz e voto os membros plenos da célula na época da operação Cisterna. A "periferia", como se dizia Naquela Época, não participava da vida política.

A periférica deu-lhe um beijo na bochecha, com os olhos brilhantes e mais belos que nunca, um pouco sombrios depois do choro e com a maquiagem recém-refeita. Ninguém, homem ou mulher, era insensível ao encanto de Justa. Ante o fato consumado, Gaby decidiu ceder. Segundo o pacto inicial e o disposto por Fratelli, bastava que uma mensagem se pusesse de acordo com uma chave para ter direito a acessar a conta na Suíça. A força e o direito coincidiam, como se podia esperar de um espírito político prático como o de Fratelli. As mensagens estavam controladas, e não havia nenhum risco de que se formasse um direito competidor. Uma vez decidida, Gaby não ficou no meio do caminho. Levantou-se, abraçou Justa e devolveu-lhe o beijo na bochecha, acendendo a chama da sua simpatia.

Os outros foram chegando. Colombo não apareceu. Por intermédio de Pastor, mandou dizer que tinha trabalho. Triana, que tinha acompanhado Vicki até sua casa, foi a última a chegar. Distribuíram-se três de cada lado e dois nas cabeceiras de três mesas colocadas em fila, perpendiculares à grande janela com vista para a orla, por garçons que não paravam de perguntar a Justa se não precisava de alguma coisa, uma cadeira para pôr as bolsas, deixe que eu penduro o casaco, não se incomode.

Gaby e Triana sentaram-se nas cabeceiras, Gaby, de costas para o mar. Estava um pouco na contraluz, e tinha escolhido esse lugar para deixar o papel central para Marambio, sentado à sua esquerda. Pastor estava à sua direita, de frente para Marambio. À esquerda deste estavam Justa, em frente a Moreno, e Brianza, em frente a Santi, perto de Triana.

Primeiro precisavam comer. Não resistiram à necessidade de compensar a tensão do enterro e a ansiedade do reencontro com chocolate, docinhos e tortas. Justa pediu um mil-folhas com recheio de doce de leite e arrastou Triana, que esfregava as mãos cheia de dúvidas, e, em seguida, Moreno, Pastor e Marambio. Gaby e Santi, que não sabiam o que era se cuidar, bom garfo mas sempre no mesmo peso desde os doze anos — Gaby dizia que a única coisa que engordou nela depois da adolescência foram os seios —, uniram-se ao grupo. Acabaram pedindo uma torta inteira para cortar na mesa, os rapazes estavam como num sonho. Brianza, sempre de regime para aparecer atlético e magro na frente das câmeras, pediu um chá.

Encontraram-se todos, membros da célula e periferia, oito no total, diante de muito chocolate quente com tortas e docinhos, com exceção de Brianza, marginalizado da celebração. Abriu-se um parêntese durante o qual só se ouviam talheres tilintando, ruídos de deglutições e exclamações de júbilo contidas. E corte outro rocambole, e uma tortinha de morango para baixar o bolo, e um pouquinho mais de chocolate que está delicioso e quero tirar o gosto do doce de leite. Assim estavam as coisas, e Gaby já se perguntava como ia abordar o assunto. Então Brianza, diante do seu pobre chazinho, sem saber mais como se distrair e já farto de olhar para o decote de Gaby e para as pernas de Triana, adiantou-se e foi direto ao ponto.

— Temos que entrar num acordo e dar um destino para o dinheiro. Não vejo por que não podemos encontrar um objetivo digno dos ideais Daquela Época e das realidades de hoje. Vou aproveitar que vocês estão com a boca cheia. Não tenho uma idéia acabada e estou aberto para discutir todas as propostas. Não me linchem se eu disser que se poderia constituir uma sociedade e investir numa empresa que faça alguma coisa pela cultura, que difunda as informações que os outros ocultam, que mostre os autores que os outros preferem ignorar...

Não conseguiu terminar a frase. Gaby o interrompeu com tom irônico, apesar da torta de banana com queijo que estava traçando:

— Uma sociedade... anônima?

Marambio quase se engasgou com o terceiro pedaço de mil-folhas, bebeu um gole de chocolate para fazê-lo baixar, limpou a garganta e falou:

— Uma estação de rádio, uma editora, um jornal, um canal de televisão? Isso tem a ver com política, mas não é política. Todas essas coisas, para serem úteis, quero dizer, evidentemente, úteis para a maioria das pessoas, e não somente para os acionistas, precisam ter uma orientação política. Não sejamos ingênuos. Não existe imprensa independente. Todos os meios falam por algum partido, aberta ou veladamente. Todos estão a serviço de alguma Causa, em geral daquela que convém a seus principais acionistas. A que Causa serviria a sua editora, ou o que quer que seja? Quem a controlaria politicamente? Não vamos fugir do problema. A primeira coisa que deve ser decidida é a finalidade política do dinheiro. O resto é detalhe.

Como costumava fazer, Marambio, sem explicitá-lo, havia dito o que pensava. Muito diplomaticamente havia aludido ao problema de Gaby. Sem um acordo político entre eles, incluindo Gaby e portanto seus patrões, não era possível montar uma empresa do que quer que fosse. Não tinha dito que achava excelente a idéia de Brianza e o quanto ela lhe seria útil, pois tinha vários livros para serem editados. Estava longe de prever a intervenção de Pastor.

O chocolate não caiu bem para Pastor, teria sido melhor ter pedido uísque, grapa ou cerveja. Tinha terminado sua xícara, empurrado pela energia devoradora dos outros. Não costumava freqüentar leiterias. Mas estava de bom humor, contente por ver seus velhos amigos. Confiava em todos, inclusive em Gaby, que agora estava livre das suspeitas de participação na morte de Fratelli. Fez sua proposta com toda a boa-fé. Tinha pensado bastante, a idéia tinha ficado redonda e Marambio dera a deixa certeira para apresentá-la.

Certeiro foi também o pé de Justa, que se enroscou meigamente nas pernas de Moreno. As longas toalhas das mesas da Conaprole de Pocitos teriam visto coisas piores, pensou Justa.

A idéia de Pastor era um projeto que se sustentasse politicamente em si mesmo, por sua evidência, por ser diretamente útil para o gênero humano.

Todas, sabe-se lá como, perceberam o que estava se passando entre Justa e Moreno. Possivelmente porque esperavam isso, ao contrário dos homens, concentrados na questão do dinheiro e do poder. Santi pensou "bem que eu falei que ela não deixa passar nem poste de telefone". Gaby falou para si mesma "esses dois vão cair fora e deixar o terreno livre para mim" e se concentrou em Pastor, um periférico que nem sequer tinha estado preso e que agora pretendia influir no destino da Cisterna. Triana ficou contente por Moreno, "enfim chegou a vez dele depois de tanto esperar", e ficou alerta, só faltava o Brianza resolver roçar o pezinho nela. Ela guardava rancor, ele a tinha feito sofrer, considerava-o o namorado mais machista e egoísta que havia tido na vida. Brianza, coitado, estava a milhares de quilômetros, perguntando-se por que não seria possível se associarem num negócio próspero e que desse poder para fazer o bem. A idéia de Pastor lhe agradava, mas não era do porte de vinte milhões de dólares. Fazendo o que Pastor queria, ainda haveria bastante capital para colocar uma grande empresa editorial e produtora sobre rodas e fazê-la andar. Era uma coisa que não existia no Uruguai e que fazia muita falta.

Pastor expunha calorosamente e com convicção:

— O Marambio tem razão — falou. — Uma orientação política, no seu sentido mais nobre, é necessária em qualquer projeto. Sem valores, sem idéias, não é possível fazer trabalho social. Mas hoje não existe mais uma direção política nem idéias que lhe dêem sentido. Junto com o comunismo, foram por água abaixo sua ideologia e a corrente centenária que ele representava. Não vou entrar na discussão sobre a Revolução Cubana, haveria uma opinião diferente para cada um de nós, da adesão total — olhou para Gaby — ao ceticismo profundo — evitou olhar para alguém. — Mas há uma coisa que ninguém pode discutir: o fato de ser cubana. — "Este também está a fim de me sacanear", pensou Gaby, "maldito chauvinismo pequeno-burguês". — Nós somos uruguaios — prosseguiu Pastor. — Cisterna é dinheiro que tem que ser investido no Uruguai, que estava destinado ao suborno de políticos e que tem que voltar para o povo. A única solução que vejo e que proponho é que volte diretamente. Não numa distribuição a esmo, jogando o dinheiro para o alto. É possível organizar instituições, clubes e atividades que restituam cultura, saúde e capacidade de iniciativa às pessoas humildes. Há muitos exemplos, vejam os clubes Leo Lagrange, que a Triana me contou que existem na França, dirigidos pelo PS. Aqui mesmo temos a experiência mutuária, cooperativa e sindical. O Sindicato Médico, a Casa da Galícia, isso mesmo, não riam, as pessoas pagariam cotizações de acordo com seus meios, o capital não se esgotaria; serviria para fazer a coisa andar. Poderiam se apoiar iniciativas populares, associações e centros culturais. Neste país quase não há instituições laicas para deficientes, nenhuma escola aberta de futebol, nem organizações juvenis de inspiração laica e espírito cívico democrático. Tudo está dominado, seja pelos padres, seja por outras seitas religiosas ou instituições estrangeiras, principalmente norte-americanas. Um povo livre e consciente se constrói com instituições que sejam emanações do próprio povo, não de iniciativas alheias com objetivos alheios. Como formar a juventude em ideais de liberdade e justiça que sejam nossos? Nossas idéias hoje não apenas são impotentes politicamente, também o são socialmente. Simplesmente não existimos na paisagem social do Uruguai de hoje.

Brianza pensou que uma empresa editora cabia perfeitamente e que Pastor ia integrá-la em sua proposta. Mas Marambio interrompeu Pastor.

Gaby tinha acompanhado a exposição de Pastor no rosto de Marambio, vendo como ganhava terreno. Compreendia-o: em circunstâncias normais seu bom senso se impunha. Se Fratelli não tinha partido para um projeto semelhante, foi porque sua única paixão e preocupação era o poder político. Fratelli era um anarquista paradoxal. Seria sua paralisia política conseqüência da luta entre seus escrúpulos anarquistas e a paixão pelo poder? Gaby não pôde continuar essa linha de reflexão. Fratelli estava morto, e as circunstâncias não eram normais, mas de crise. Para ela não havia retirada possível. Olhou ao redor, observou um por um seus antigos camaradas de luta. Naquela Época, tinha sentido respeito e até amor por eles. De fato, tinha amado a mais de um dos que estavam ali. Mas o que eles eram agora? Um pequeno rebanho de burgueses pacatos e conformistas. Só seu passado os diferenciava do mais vulgar dos comerciantes. Não ia deixar que esse peso morto de covardias ficasse no seu caminho. Ainda havia gente que lutava e não se rendia.

Fez sinal para Marambio atacar. Ele se libertou do sonho bom que a visão de Pastor tinha causado e voltou para a realidade. Interrompeu-o:

— Tudo isso é muito sedutor e seria de bom senso se estivéssemos tratando de dividir a herança da nossa avozinha. Mas não preciso lembrá-los de como foi que esse dinheiro chegou às nossas mãos. Nem em nome do quê nos apropriamos dele. Ele não nos pertence. Pertence às idéias e à Causa em nome da qual o obtivemos — por pouco não falou "expropriamos", as velhas palavras voltavam com os velhos problemas. — Não podemos agora, só porque nesse tempo mudamos de idéia, mudar o destino dele. Isso nos transformaria em delinqüentes comuns. E eu me orgulho de meus anos da prisão porque foram o sacrifício a um ideal, não o castigo por um delito. Gostemos disso ou não, a única coisa que resta daquilo tudo é o que Gaby atualmente representa. Não que eu concorde com ela ou com Fidel, mas eles representam a única continuidade com aquele passado. Nós estamos em outra, o que pode ser muito louvável. Eu gosto do meu trabalho, considero-o útil e positivo para as pessoas, mas não é revolucionário. Admiro o Pastor e o trabalho dele, mas isso também não é revolução. Entendam. Não estou defendendo Cuba nem a Revolução Cubana. Digo apenas que considero que esse dinheiro lhes pertence. Estou dizendo que nos apropriar dele é nos rebaixar à delinqüência comum, estou dizendo que me nego a fazer isso. Minha proposta é que a Gaby seja depositária de tudo, legatária universal, para o bem ou para o mal, por uma questão de legitimidade, e que nos desliguemos do assunto. É isso.

Justa sentiu o clima opressivo que se instalou no grupo e recolheu o pé que passeava suavemente na virilha de Moreno. A tensão estava ficando evidente.

Pastor e Brianza sentiram que entre eles e seus projetos se levantava o muro da legitimidade da Revolução Cubana. Sem rebelião aberta, ou seja, sem colocar em julgamento a Revolução em si, sem atualização do seu expediente, sem balanço e tomada de distância, nítida e explícita, não era possível continuar discutindo. Sobretudo porque, como sempre, o poder estava do outro lado. Marambio e Gaby tinham a Mensagem. A essa altura todos estavam conscientes disso e de que Gaby e Marambio haviam feito acordo para assumir uma posição dura. O que fazer? Qualquer regateio ou divisão sem critérios ficava desqualificado pela atitude digna e incondicional assumida por Marambio. Como reclamar uma parte dos milhões como compensação pelos anos de exílio ou prisão sem passar por mercenário?

Moreno não tinha falado, tinha a glote obstruída pelo pé de Justa. Voltava a si e o que tinha escutado o deixava furioso. Tossiu, limpou a garganta para começar uma diatribe contra o totalitarismo, o comunismo e o que tinham feito dos ideais pelos quais tinha dado sua juventude. Para açoitar moralmente todos os espiões, traficantes e torturadores que se consideravam herdeiros legítimos dos ideais revolucionários na pessoa de Gaby. Mas um olhar alarmado de Justa o dissuadiu. "Não faça isso", parecia lhe dizer, "você está em Monte, não em Gênova, aqui as crenças são outras, vai perder seus amigos". Então falou simplesmente:

— Façam o que quiserem. Para mim a Gaby é tão herdeira legítima das tradições revolucionárias quanto da glória do Maracanã. Desculpe, Gaby, mas você é tão revolucionária quanto eu ou minha tia Gregoria. Eu sou pequeno industrial e você é funcionária. Tenha dó! Marambio, você não tem vergonha de ficar fazendo discurso para escoteiros? Falo somente por mim. Não vou dar o número que tenho — encerrou com um gesto cômico —, haverá milhões de dólares para todos ou para ninguém! — Mas ninguém riu da brincadeira de mau gosto, exceto Justa, que a achou adorável, e isso lá com os seus botões.

Brianza disse que tinha um compromisso e se levantou. Despediram-se calorosamente, como se buscassem esquecer o enfrentamento de alguns segundos antes. Justa pagou a conta, convidando todo mundo. Ao despedir-se de Gaby, quando pensava que os outros não estavam vendo, Brianza lhe dirigiu um sinal característico do truco uruguaio, levantando rapidamente as duas sobrancelhas num gesto brusco.

"Aha", disse Santi para si mesma, "Brianza vai negociar".

E se dispersaram na noite, sob um céu momentaneamente estrelado e sem lua. Um vento forte na Orla anunciava tempestade.

IX. A voz de Fratelli

Em Sayago, Santi, Justa e Triana — que depois do chocolate e das tortas tinha prudentemente renunciado ao churrasco — ficaram conversando até de madrugada. Sobre casas, homens e filhos, evitando os temas amargos e angustiantes.

Apesar disso, Santi e Triana se levantaram cedo para ir ao Ospedale Italiano para se encontrar com Vicki. Tinham marcado às dez. Chegaram perto das onze, ou seja, quase pontuais. Vicki as recebeu excitada:

— Tenho novidades. E são incríveis.

Levou-as para uma sala onde ficaram sozinhas com uma bateria de aparelhos e uma pequena escrivaninha.

— Alguém gravou todas as conversas do Fratelli enquanto ele estava na UTI. Colocaram um microfone conectado a um gravador que estava aqui. Descobrimos por acaso, e deu tempo para copiar a fita cassete. O gravador desapareceu durante o plantão seguinte. Não sabemos de quem suspeitar, estamos certos de que alguém foi pago para fazer isso. Todos trabalham aqui há anos, mas os salários são baixos... Querem ouvir?

Se queriam? Eram só ouvidos. Aparentemente a gravação era disparada pela voz, porque os começos das frases estavam cortados e não havia espaços na fita durante os longos silêncios entre duas visitas.

No início se ouvia a voz soluçante de Amalia pedindo "perdão, meu bem, eu adoro você, não morra" e a voz rouca e cansada do Fratelli arrastando as palavras, mal conseguindo articulá-las e, no entanto, ainda tentando acalmá-la e protegê-la.

Dava para perceber nas sucessivas aparições que a voz do Fratelli ia se firmando e ficando mais clara, à medida que se recuperava e saía do perigo extremo em que estivera nas primeiras horas.

Ouviram-no narrar brevemente, com voz fraca, o acidente. Declarou aos policiais que o interrogavam que um tiro tinha disparado enquanto limpava sua arma. Mandou para o inferno o agente que perguntou por que não foi encontrado nenhum material de limpeza em volta.

A voz de Vicki apareceu várias vezes, e elas trocaram olhares cúmplices quando se ouviram as cantadas de Fratelli e uma Vicki que, efetivamente, o encorajava.

— Ai, que vergonha! Nenhuma de vocês foi namorada dele, né?

— Psiu! — foi a resposta absorta das outras duas, que negaram energicamente com a cabeça, o que, embora fosse falso, era, para todos os efeitos, a verdade.

A fita estava no meio quando se ouviu a voz de Gaby. "Oi! Como vai?"

"Como você acha? Entubado. Não dava para esperar? Como foi que deixaram você entrar?"

"Tive que apelar para os de cima. Mas não posso arriscar que você morra sem me dar os números."

"E quem falou que eu vou dar? Já sabemos que não estamos de acordo nisso."

"Mas a nossa discordância não é de fundo", disse uma Gaby diplomática e conciliadora.

"Isso era verdade, infelizmente, há muito tempo. Mas a época dos *ideiny* já acabou."

Santi e Vicki levantaram a cabeça interrogativamente. Triana apertou o "pause" e explicou:

— "*Ideiny*" eram os anarquistas que colaboraram organicamente com os bolcheviques na Rússia, depois da Revolução de Outubro, e que aderiram à Terceira Internacional. Apertou o "play", Fratelli continuava:

"Aquela experiência foi conclusiva, e mais ainda, depois, a da Espanha. No entanto, nós persistimos no terror. Assumo a responsabilidade."

"Mas o que você está dizendo? Você não falava assim há alguns dias. Agora vem com anarquismo. Nós estávamos em coisas concretas, não em brincadeiras de crianças."

"Estávamos. Mas agora vou morrer e quero fazer alguma coisa boa. A burocracia bolchevique, o industrialismo totalitário não podem mais ser nossos aliados. Vá à merda, Gaby; você e o Fidel."

Ouviu-se uma pancada, um grito de Gaby (arrependendo-se?), passos se afastando, em seguida os ruídos da retirada do cadáver, e nada mais. A cama tinha ficado vazia depois.

As três levantaram a cabeça de uma vez, olharam-se.

— Pode pôr de novo o final da conversa com a Gaby, por favor? — pediu Santi. — Quer ouvir de novo o Fratelli mandando o Fidel à merda? — perguntou Vicki enquanto acionava o aparelho.

— Quero, mas sobretudo quero ouvir de novo aquele ruído, incrivelmente sinistro. O que você acha que é?

— Segundo a autópsia, o Fratelli morreu de hemorragia interna, conseqüência do ferimento no fígado. Pode ter sido provocada por uma pancada, por um gesto brusco, pelo cansaço da conversa ou, simplesmente, pela fatalidade. O ruído leva a pensar que houve uma pancada, mas não há provas disso, a Gaby pode ter derrubado alguma coisa, surpreendida pela reação do Fratelli. É estranho que o Fratelli tenha previsto que ia morrer, talvez estivesse sentindo alguma coisa, e por isso decidiu falar francamente. Talvez o rompimento com a Gaby tenha feito as artérias dele explodirem. O grito da Gaby pode ter sido de arrependimento por têlo agredido, de surpresa por ter deixado cair alguma coisa, ou de horror ao ver o Fratelli morrer naquele instante. Não dá para saber.

— Conclusão, pode ser perigoso mandar o Fidel à merda diante da Gaby — disse Santi perplexa.

— Mas vocês acham verossímil que a Gaby o tenha matado? — perguntou Vicki.

— Você pode responder melhor do que eu — Santi voltou-se para Triana. — A Gaby tinha reações histéricas incontroláveis?

— Tinha. A Gaby é louca, pelo menos do meu ponto de vista. Não parece, mas é louca. E me dá a impressão de que o tempo agravou as coisas, que se aprofundaram nela aquelas divisões das emoções que a faziam parecer uma pessoa diferente dependendo da pessoa com quem estivesse e do lugar onde se encontrasse. A Gaby era a única de nós capaz de matar, e não apenas com um manifesto. Mas que tenha matado o Fratelli são outros quinhentos. Não há provas, e a intuição me diz que não, a intuição e a frase do Fratelli anunciando que estava morrendo.

Vicki ficou em silêncio. Estava com medo. Santi e Triana perceberam. Triana tomou a decisão:

— Vamos destruir a fita, esqueçamos tudo isso. Que fique entre nós. Não há nada que se possa fazer, não podemos acusar a Gaby nem saber se é perigosa.

Ao dizer isso, uma lágrima de raiva ou dor deslizou pelo seu rosto. A dúvida a respeito de Gaby ter matado o Fratelli a queimava por dentro. Opressão, violência: então isso era o que tinha sobrado dos seus sonhos? A

Gaby matando o Fratelli com um soco, como uma menina malcriada que destrói uma boneca. A utopia nas mãos de psicopatas raivosos, e ela misturada com isso, visceralmente implicada. Seria possível?

Ela e Santi, mais do que Vicki, eram conscientes do que significava a existência daquela gravação. Alguém tinha espionado o Fratelli no seu leito de morte, alguém que tinha os meios materiais para fazê-lo e que não era a polícia. Se espionavam o Fratelli, provavelmente também o fizessem com Gaby. E por que não com todos eles? Santi imaginou microfones embaixo das mesas da Conaprole, gravando a esfregação do pé da Justa na calça do Moreno. Disse:

— O que vamos fazer? Não vamos avisar a Gaby?

Vicki não entendia que Santi pensasse em proteger Gaby. Triana explicou:

— É uma história de tesouro de pirata, que a Gaby pretendia mas só o Fratelli podia acessar. A origem remonta há um quarto de século. Terceiros, certamente agentes a serviço dos outros bandidos depenados pelo Fratelli e pela Gaby, andam seguindo a pista deles desde sempre. — E, com seus botões, disse: "Agora entendo as precauções que ele tomou quando foi me visitar em Marselha. Achei que continuava se fazendo de misterioso só para me impressionar."

Vicki captou a explicação, mas já tinha entendido do que se tratava, e estava contra avisar Gaby, mais que isso, queria se certificar de que o que tinham ouvido não sairia dali.

— Se avisarem a Gaby, a coisa vai vazar e poderemos ter problemas. A Gaby me parece perigosa, quero proteger os meus colegas. Além disso, se ela estiver metida no que parece que está, vocês não precisam preveni-la, ela já deve estar prevenida por ofício.

— Eu pensei a mesma coisa desde o começo — disse Triana —, isso não deve sair daqui. Não sei o que você acha, Santi.

Santi concordou, pensando que de qualquer maneira ela se encarregaria de colocar seus amigos Justa, Colón, Pastor e Moreno em alerta, no caso de que Triana não o fizesse. Eles viviam alheios ao perigo, sem suspeitar de que nas sombras rondavam olhos hostis, como se a história realmente tivesse chegado ao fim.

Só estava enganada com relação a Colombo.

X. Colombo

Colombo não foi à "reunião ampliada" de célula na Conaprole de Pocitos. A reunião *post mortem*, como dizia Moreno, sem especificar se estava se referindo à morte do Fratelli, à da célula, ou a ambas.

Falou que tinha trabalho. Pediu a Pastor que se desculpasse junto aos outros e que o citasse em apoio à sua proposta. Ele a conhecia e concordava com ela.

Mas não disse nada sobre o que ia fazer. Assim tinha combinado com Fratelli.

Voltou para casa e preparou a Kombi, que usava para suas viagens ao interior do país. Colombo trabalhava em sociedade com um mecânico de Livramento e tinham como clientes fazendeiros de todo o Norte, dos dois lados da fronteira e na região em litígio. Passava mais da metade do seu tempo indo e vindo, entre Livramento, Bella Unión e Salto. A Kombi servia como transporte, depósito de ferramentas e dormitório. Não estava acostumado a gastar com hotéis, que lhe lembravam o cárcere. Aqueles que conhecera com Justa, discretos e luxuosos, não tinham apagado essa impressão.

Despediu-se da mulher dizendo que ficaria fora uma semana ou dez dias, como de costume, e pediu-lhe que anotasse o recado caso alguém ligasse. Ele daria notícias de vez em quando. Em caso de urgência, deveriam ligar para o telefone do seu sócio em Livramento. Colombo não tinha celular.

Já havia anoitecido quando partiu, no mesmo dia do enterro. Dormiu em Tacuarembó, numa campina do balneário Iporá. Ao amanhecer tomou banho no lago, frio e deserto nessa época do ano; fez um chimarrão e comeu uma bolacha com marmelada. Seguiu viagem de madrugada, certificando-se de que ninguém o seguia. Almoçou do lado uruguaio, em Rivera, por onde passou para cumprimentar um amigo, e no meio da tarde já estava com seu sócio brasileiro, do outro lado da fronteira.

Ninguém se surpreendeu ao vê-lo. Colombo passava por ali freqüentemente, sem nenhum motivo especial, apenas para vistoriar as frotas de veículos dos clientes, controlar os níveis, e regar com cuidado o capital da confiança, que era seu bem mais rentável. Gostava de viajar e, mais ainda, da liberdade que isso lhe proporcionava. Com a caminhonete, estava em casa em qualquer lugar.

Sabia que podia contar com pessoas dali para uma certa cumplicidade masculina. Com uma piscada e um sorriso cúmplice, anunciou que tinha que sair para caçar um gato preto que andava fazendo das suas. "O gato preto" era o nome de um lendário cabaré de Las Piedras. Se não desse, acrescentou, caçaria alguma outra fera. Seus sócios compreenderam que Colombo aproveitaria para procurar putas, passar uns dias numa zona interiorana qualquer, ou visitar alguma mulher em especial. Talvez tivesse um caso por aí. Consideravam isso uma coisa natural e humana — ou seja, masculina — e lhe garantiram que, se sua mulher ligasse, diriam que ele estava pela região, trabalhando. Riram e deram-lhe tapinhas nas costas. Ah, se eles estivessem longe de suas mulheres, sem dúvida aproveitariam para fazer a mesma coisa!

Colombo partiu com sua Kombi e, em vez de seguir para o Norte, rumou para Pelotas, a 350 quilômetros ao sul de Livramento pela estrada brasileira, uma via importante e em muito bom estado. Dormiu perto de Bagé, estacionado à beira de uma estrada secundária, e uma vez mais se certificou de que não estava sendo seguido. No dia seguinte de manhã cedo, parou no estacionamento do aeroporto, trocou de roupa, preparou sua pequena bagagem e fechou cuidadosamente o veículo, colocando testemunhas invisíveis de um eventual arrombamento. Não estava informado sobre o que

Vicki descobrira no Ospedale Italiano, pois Santi não tinha tido tempo de avisá-lo, mas Fratelli já o tinha alertado muito antes.

♥♦♣♠

Fratelli se abriu com Colombo quando Gaby começou a pressioná-lo para que lhe cedesse a Batuta, ou seja, os milhões, produto da Cisterna, que dormiam na Suíça, porque achava que não lhe deixariam as mãos livres para utilizá-los. Para Fratelli, Gaby não era o principal perigo.

Os agentes contratados para seguir o rastro do butim da Cisterna não tinham afrouxado a pressão nem relaxado a vigilância. Assim que Gaby apareceu, essa suspeita se transformou em certeza por alguns indícios sutis que Fratelli corrretamente detectou. Segundo Fratelli, o adversário tinha Gaby como único fio condutor, mas ela havia escapado várias vezes, trocando de nome e mudando de endereço. No início Fratelli era para eles apenas mais um suspeito, alguém do entorno de Gaby. Então fizeram com que fosse preso, por intermédio de relações nos meios militares, para conhecer melhor suas atividades. É provável que tenham presenciado os interrogatórios ou se mantido informados dos resultados, mas não revelaram aos militares o motivo do seu interesse. Na tortura, as perguntas sobre Gaby tinham sido freqüentes mas nem uma palavra foi dita sobre a operação Cisterna. Os sabujos das companhias de seguros tinham ignorado a verdade durante mais de vinte e cinco anos, até as escutas do Ospedale Italiano.

Por isso Colombo não tinha ido à reunião na Conaprole. Primeiro, porque sabia que aparecer em público com Gaby significava se queimar. Segundo, pela urgência da sua missão. Supunha que o encontro não ia resultar em nada e também que Gaby, cedo ou tarde, convenceria alguém a colaborar com ela para completar a mensagem e obteria a chave para decifrá-la. Preferia não tentar adivinhar quem. Se não tivesse jurado para Fratelli que guardaria o segredo, teria avisado Pastor para não ir àquele encontro, lhe teria dito que era inútil e perigoso. Perigoso, inclusive, porque através de Pastor o fio levava até ele. Teve que ir ao enterro para não despertar suspeitas, mas se manteve discreto e afastado do grupo.

Contava com a resistência espontânea de todos para atrasar Gaby e lhe deixar tempo para agir. Precisava freá-la para retardar também os outros, os agentes sem rosto que ela trazia atrás dela, correndo em seu rastro como os cavaleiros negros, esperando a hora. Tinha que chegar primeiro a Genebra, antes de todos os outros, para executar o testamento de Fratelli e para despistar o séquito de seguranças que andava atrás dela.

Nos prontuários, Colombo figurava quase como inocente. Ele tinha cumprido pena por alojar Brianza quando este estava clandestino. Colombo foi visto como um simples colaborador sem responsabilidades. Seu aspecto de comerciante tranqüilo, sua profissão de mecânico e seu nível de instrução, que chegava apenas ao primeiro ano do ensino médio, descartavam-no do círculo dos suspeitos. Possuir a chave da Batuta era aspirar à liderança política, e ele não tinha perfil para essa ambição. Apesar de tudo, não se descuidava e sabia que não poderia fazê-lo enquanto vivesse e guardasse seu segredo. Teria que caminhar sempre com os olhos na nuca, apagando pistas e dando voltas para evitar que o seguissem.

♥♦♣♠

Desde o acidente, e sobretudo depois da morte de Fratelli, Colombo vivia obcecado pela responsabilidade que recaía sobre ele. Tinha estado muito tentado a se abrir com o pequeno grupo que se encontrou na chegada da balsa, na verdade tinha ido lá para isso. No ateliê de Santi, esteve a um passo de contar tudo e compartilhar sua preocupação. Mas os sentiu tão distantes da situação real que se conteve. Viviam com alegre despreocupação, inconscientes do perigo e da disputa que estava em campo. Decidiu deixar para melhor ocasião, caso houvesse. Agora era preciso agir rapidamente, e não havia tempo para convencê-los nem para arriscar uma dissidência.

A preocupação era maior porque, como testamenteiro e guardião, Colombo tinha bastante liberdade. Isso se devia à falta de preparo de Fratelli quando Gaby o abordou reclamando o produto da Cisterna. As mudanças do mundo o tinham surpreendido, como a tantos outros. Em poucos meses, o eixo dos conflitos e das relações internacionais se deslocou. As preocupações da imprensa, do público e dos partidos se transferiram das guerrilhas afegãs para a temperatura dos mercados financeiros. A mudança do cenário internacional tinha sido o grande espetáculo do início dos anos 90. Fratelli necessitava de tempo para assimilar a mudança e achava que ainda dispunha de margem para refletir.

Durante os últimos anos da guerra fria, e mais ainda depois da queda do Muro, Fratelli tinha esperado que a política viesse até ele. Ainda estaria esperando se o reaparecimento de Gaby, baixando como os restos de um exército derrotado em fuga, saqueando tudo em seu caminho, não tivesse mudado os termos da equação. O retorno de Gaby era lógico, mas foi imprevisto. Pegou Fratelli em pleno conflito hamletiano, entre os compromissos com os antigos membros da célula, sua fidelidade revolucionária de cunho anarquista, sua ambição pelo poder e seu espírito realista de profundo conhecedor dos labirintos políticos.

Colombo se lembrava de que tinha conversado com Fratelli durante dias e noites inteiros, revivendo as épocas das discussões políticas da juventude. Mas as ilusões tinham morrido. A queda do comunismo tinha projetado uma luz crua sobre a natureza supostamente boa do Estado onipotente, na qual eles nunca tinham acreditado. Mas os processos revolucionários que antes os entusiasmavam se revelaram fecundados de catástrofes. Haviam acertado os ponteiros.

Fratelli e Colombo definiram a fidelidade ao passado que deviam respeitar. Convencionaram que o produto da Cisterna não podia ir para nenhum partido político com objetivo de poder, para nenhuma agência estatal, nem para nenhuma empresa industrial ou comercial com lógica capitalista, voltada para o lucro, por melhor que fosse. Dentro desses limites, todas as variantes eram possíveis. Disseram-se "tratemos que seja para o Bem, e esperemos que o Bem exista".

♥♦♣♠

A primeira coisa que Fratelli resolveu foi a questão dos compromissos com a célula. A reivindicação de Gaby tinha varrido todo e qualquer escrúpulo. Aquela formação política estava morta.

De todos os membros, escolheu rapidamente Colombo e se abriu com ele.

Por que Colombo? Explicou sem rodeios. Sobretudo e principalmente: Colombo não tinha ambições políticas e levava uma vida estável, ganhava bem e era completamente independente; o dinheiro da Cisterna seria para ele mais um peso que qualquer outra coisa. Além disso, Fratelli e Colombo compartilhavam uma análise e uma opinião sobre os rumos do mundo. Afinal, Colombo não tinha lido menos que Fratelli e chegava a conclusões parecidas. Durante muito tempo, depois que Fratelli saiu da prisão, os dois continuaram mantendo contato sem outra intenção além do simples prazer de conversar. Haviam feito isso discretamente, de forma quase clandestina, mas apenas por reflexo condicionado de velhos presidiários.

Se Justa ou Santi tivessem a cultura histórica e política de Colombo, ou se Triana ou Moreno vivessem no Uruguai, a escolha de Fratelli teria sido mais difícil.

Com Pastor a questão se colocava de outro modo. Era um ator do movimento social, estava no cenário, tinha projetos a seu modo, empreendia coisas; não podia ao mesmo tempo intervir com prudência e distância. Pastor conhecia mais o ser humano que eles, porém menos a sociedade.

Em troca, não tinha cogitado Marambio nem Brianza. Brianza e Colombo eram como irmãos, Colombo conhecia e admirava o talento teatral de Brianza tanto como conhecia e respeitava sua fragilidade, sua necessidade de ser admirado pelos outros, seu desejo de sucesso e reconhecimento social. E, quanto a Marambio, ambos sabiam, sem necessidade de explicitar, que estava do lado de Gaby.

Colombo tinha aceitado a responsabilidade. Os motivos que tinha tido para fazê-lo eram uma questão não resolvida. Ainda continuava se perguntando enquanto evocava tudo isso. Teria sido por ambição? Na verdade, ele estava disposto a dar uma mão quando fosse necessário, mas não tinha imaginado que Fratelli saísse de cena tão cedo.

♥♦♣♠

Decidiram um plano de ação e começaram a trabalhar.

Fratelli não podia agir sem despertar suspeitas. Era impossível para ele viajar para a Europa sem deixar rastro e sem ficar exposto. Isso deveria ser feito por outra pessoa, e no maior segredo. Assim, a primeira tarefa de Colombo tinha sido conseguir documentos quentes com outra identidade.

A sorte o ajudou. Numa noite de bebedeira, o capataz da fazenda de um dos seus clientes rio-grandenses contou, entre risadas, suas aventuras com a polícia. O homem não tinha, nem nunca tinha tido, documento de identidade: nem cédula, nem passaporte, nem carteira de motorista. Nascido em Bagé, tinha emigrado ainda menino para Santana do Livramento e não saíra mais de lá. Com grandes gargalhadas contou sobre a cara que tinham feito os policiais, velhos conhecidos seus de infância, que acabaram deixando-o ir embora sem mais perguntas. "Para que preciso de papeizinhos? Aqui todo mundo sabe quem é o Sinforoso da Paz!", exclamou, rindo.

Quando a necessidade se fez sentir, Colombo lembrou-se dessa conversa. Sem que ninguém de suas relações ficasse sabendo, foi a Bagé, tirou uma certidão de nascimento e a partir dela todos os documentos de que precisaria, incluindo passaporte e carteira de motorista. Deu um endereço falso, que ninguém verificou nem verificaria nunca, e pagou os subornos e gorjetas necessários. Em pouco tempo, pôde dar a Fratelli, sem muitos detalhes, a informação de que tinha documentos seguros e uma segunda identidade legal. Protegido pelo anonimato da cidade, o novo Sinforoso da Paz abriu uma conta numa agência bancária de São Paulo, depositou nela dez mil dólares da ajuda de custo que Fratelli havia trazido da Europa e tirou um cartão de crédito. Mal haviam começado a preparar a viagem de Colombo para a Europa quando ocorreu o acidente. Amalia, com ciúme de Gaby, deu o tiro que iria destruir o fígado de Fratelli e pôr fim à sua vida.

♥♦♣♠

Em Pelotas, Colombo comprou uma passagem para São Paulo com seu próprio dinheiro e identidade. Era mais seguro deixar que pensassem que tinha uma aventura naquela grande cidade do que arriscar sua nova identidade nessa cidade pequena e muito próxima dos seus circuitos habituais. Ligou para a mulher, falou que estava num telefone público (o que era verdade), que estava ao norte de Livramento indo para Artigas (o que não era). Se ela tivesse algum problema, deveria telefonar para o seu sócio. Assim se despediu por uma semana. Nada disso saía do habitual.

Em São Paulo o rastro de Colombo se perdeu. Um tal Sinforoso da Paz pegou um avião da Varig para Lyon-Satolas, na França, e desembarcou, sem incidentes, na manhã do dia seguinte. Alugou um carro e levou menos de duas horas para chegar a Genebra. A viagem de ida quase não deixou rastros, além de um visto no passaporte, nem trouxe problemas, além do café, que não lhe caiu bem, e da saudade do chimarrão.

Em Genebra as coisas não se complicaram. O que levou mais tempo foi encontrar o endereço do SegurBank. A operação em si não demorou mais de três quartos de hora, incluindo controle de acesso, verificação e espera. Tratava-se de trocar a senha da conta, única coisa verdadeiramente urgente, e transferir cinqüenta mil dólares para uma outra conta, aberta por Fratelli na sua viagem anterior. Feito isso, deixou Genebra e voltou a cruzar a fronteira para a França. Voltaram a carimbaram seu passaporte na saída. Falta de sorte. Mas foi o único rastro que ficou da sua passagem.

No caminho de volta, diante da paisagem alpina primeiro, e depois da planície, tão parecidas e tão diferentes das que conhecia dos Andes argentinos e chilenos, ia pensando nas tentações da noite e na missão que tinha herdado de Fratelli.

Agora quem tinha a "batuta" era ele, mas tinha consciência de que aquele dinheiro estava envenenado. O que o envenenava era sua origem, que o condenava ao segredo. O manejo dessa "batuta" correspondia a uma organização conspirativa. A origem pirata da Cisterna condicionava seu uso e o inclinava para o mal.

♥♦♣♠

Quando passou para ver os amigos de Livramento, tinham transcorrido quatro dias desde sua partida e cinco desde o enterro de Fratelli. Não havia recados à sua espera, nem sua mulher tinha grandes novidades para lhe contar quando ele ligou avisando que seguia viagem para Salto. Retomou suas rotinas de trabalho da forma mais normal. De repente tinha a impressão de jamais haver saído daquela paisagem. Preparou um chimarrão, que tomou no caminho, enquanto dirigia. Percorrendo o despovoado norte uruguaio, ia pensando no país de montanhas e vilarejos que tinha deixado para trás. Com essas lembranças, voltavam a entrar em seu pensamento as realidades da sua vida dupla, com a qual agora teria que conviver. Sinforoso da Paz o acompanhava.

XI. Retorno

O funcionário do banco esgrimiu seu melhor sorriso para os dois homens sem rosto que estavam à sua frente. O sorriso para os casos graves. Disse, imprimindo à sua voz gelada todos os elementos formais da amabilidade e da confiança:

— Trata-se apenas de um pequeno problema técnico; a senha está incorreta.

Os olhos do homem sem rosto à sua direita olharam de esguelha para o lado. Os do outro não se moveram, ficaram fixos, como se esperassem a continuação da frase. "É o chefe", pensou o funcionário do SEGURBANK. Virou para trás, deixou a amabilidade flutuando no seu sorriso e juntou as pontas dos dez dedos, apoiando os cotovelos na mesa, demonstrando que havia terminado e que não tinha nada a acrescentar àquela simples evidência.

O homem sem rosto à sua esquerda, o chefe, decidiu falar. Perguntou, num francês que não deixava dúvidas sobre sua origem alemã.

— O que há de errado com a senha?

— Não sabemos o que está acontecendo. Simplesmente não funciona, ou seja, não é a senha — respondeu, num tom ligeiramente mais seco, e sempre em francês, o funcionário. — "São ex-agentes da Stasi", pensou, "reciclados na segurança de companhias privadas". Percebia isso pelo sotaque e por aquele estilo inconfundível, aquela espécie de névoa cinza em volta das feições e do corpo que tornava tão difícil lembrar dos seus rostos. Nisso eram parecidos com alguns novos colegas da segurança do banco, da mesma origem. Havia rumores de que muitos desses ex-agentes, que se apresentavam como ases da espionagem, eram simples burocratas que nunca tinham saído de um escritório. Claro, esses podiam ser diferentes. O funcionário do SEGURBANK preferiu continuar em francês, embora o alemão, mais precisamente o *schweizerdeutsch*, fosse sua língua materna, ou possivelmente por isso mesmo. Não gostava do alemão que falavam os "*osties*", nem o dos outros, para falar a verdade.

— A senha não confere, mas o número da conta está correto? — tentou o homem sem cara de chefe. O funcionário suspirou.

— Não se trata disso. Normalmente, não damos maiores explicações. Se a senha conferir, abre-se o acesso à conta e a todas as informações relativas a ela. Caso contrário, pede-se aos prezados clientes que verifiquem seus dados e voltem mais tarde. Vou me permitir, visto que estou na presença de pessoas distintas — distintas devia ser entendido como distintos burros —, acrescentar que, na verdade, o banco obtém o número da conta a partir dos dados que o cliente fornece. Se esses dados, submetidos ao tratamento informático secreto do banco, não funcionam a contento, por assim dizer, a informação obtida é nula. Não sabemos sequer de que conta se trata. Não conservamos cópia dos números que damos aos clientes desse tipo de conta e somos incapazes de dizer se alguma vez corresponderam a uma série válida. Posso somente afirmar que a quantidade de cifras é correta. Por isso me permito sugerir que pode haver algum engano numa delas, que esteja bloqueando o resultado.

Deu a explicação como uma mostra de extrema deferência para com seus distintos clientes, mas sua voz de veludo, como um véu de seda, deixava entrever as arestas da caixa forte de aço que estava por trás, hermeticamente fechada.

Quando acabou, seu olhar endureceu, seu sorriso desapareceu, e os dois homens sem rosto compreenderam imediatamente que qualquer insistência poderia trazer complicações. Como, por exemplo, a perda do anonimato e da extraterritorialidade que o banco tacitamente outorgava. Levantaram-se sem mais, despediram-se com uma inclinação de cabeça e se retiraram com passo decidido, como quem se esforça para não correr.

♥♦♣♠

Moreno cochilava no avião que os conduzia de volta a Marselha. Ao seu lado, Triana se afundava na leitura dos jornais, a hora de dormir não tinha chegado.

Moreno pensava nos dias que tinha passado com Justa na casa de Punta Colorada, os passeios pela praia, as subidas às colinas e os projetos que tinham tentado elaborar para poder continuar juntos. Ele com seu trabalho, sua empresa e seus filhos em Gênova; ela, com o mesmo e em breve um neto em Monte. Ele teria gostado de voltar, refazer sua vida no Uruguai, descobrir um país diferente daquele que conhecera quando jovem. Ela teria gostado de ir embora, experimentar a vida na Europa, conhecer Veneza, Praga, Viena, Budapeste, um velho sonho, e fazer isso com ele.

Triana o tirou desses devaneios com uma cotovelada.

— Você leu isto? José Washington Barreiro só pode ser o Brianza, né?

— É, sim, e daí? — disse um Moreno mal-humorado por ter sido despertado quando começava a imaginar a viagem para Veneza com Justa.

— É terrível. Vou ler para você: "Casal uruguaio assaltado em Genebra" é o título. Diz, resumindo: "o conhecido ator de televisão José Washington Barreiro foi encontrado gravemente ferido no seu quarto de hotel na cidade suíça. A seu lado jazia agonizante a também uruguaia, nacionalizada espanhola, Celia Detadeo, que dirige uma empresa de importações e exportações em Madri".

— É a Gaby! Tenho certeza, vi uma vez um documento dela, por acaso, e seu nome era mais ou menos esse. O que os dois estavam fazendo em Genebra? — perguntou, embora já começasse a perceber.

— Adivinhe. O amor derreteu os seus miolos? O Brianza estava prestes a negociar alguma coisa na reunião na Conaprole. A Santi, que é rápida como um raio, percebeu e me falou. Não acho estranho e me parece lógico. Vendo o resultado, tendo sido mais bobos, fomos mais vivos.

— Pelo menos estamos mais vivos agora. O jornal não diz mais nada?

— Sim. "O casal parece ter sido vítima de ladrões profissionais sem escrúpulos que não vacilaram em exercer pressões violentas sobre os desafortunados turistas, provavelmente para conseguir suas senhas do cartão Visa e a combinação da sua caixa forte no hotel. Esta foi visitada por dois homens, de quem a polícia está na pista e que estão em primeiro lugar na lista de suspeitos." — Triana já não conseguiu conter os soluços — Que horrível!

— Deixe-me ler — Moreno pegou o jornal. — "O assalto parece ter acontecido há dois ou três dias. O casal está internado num hospital cujo nome não foi divulgado, e teme-se por suas vidas. Barreiro é famoso no Uruguai por suas caracterizações humorísticas e os personagens..." etc. etc... Nada mais. Coitado do Brianza! Coitada da Gaby!

Moreno estava profundamente compadecido por seus antigos companheiros, que tinha deixado havia poucos dias na atmosfera familiar e segura da Conaprole, onde parecia que nunca poderia lhes acontecer nada. Não estava tão abobalhado, como dizia Triana, e a evidência do que tinha ocorrido se impôs. Sem estar informado do que suas amigas tinham descoberto no Ospedale Italiano, porque Santi fez Justa jurar que não falaria nada a menos que estivesse por cometer a loucura de negociar com Gaby, chegou rapidamente à conclusão de que ela estava sendo seguida e pensou que na reunião da Conaprole todos se denunciaram.

— Parece que nos queimamos. Aposto que nos filmaram e gravaram tudo o que dissemos.

— Pode ser. Se escutarem bem, vão poder ouvir na gravação até o barulhinho do pé da Justa na sua braguilha — brincou Triana, entre soluços.

Num hospital de Genebra agonizavam seus dois amores da juventude, Moreno parecia não perceber. Torturados até cuspirem o número da conta. "O Brianza não deve ter resistido", pensou, "por que o torturaram?". Tentou não pensar na cena, "talvez tenham utilizado soro da verdade ou algum invento novo", tentava se consolar. Mas não, pela gravação do Ospedale Italiano dava para notar que não tinham o último grito da técnica, "milicos de quinta", pensou, "não precisavam matá-los, milicos de quinta, fascistas". Passou-lhe pela cabeça que ela também era culpada por não tê-los alertado. Mas tinha se comprometido com Vicki a calar para não colocar em perigo o pessoal do hospital que as tinha ajudado. Além disso, Gaby era uma profissional, que diabos! Deixou-se levar como uma principiante e levou Brianza para o matadouro com ela. Moreno falou:

— Menina, me desculpe. Sei o que isso significa para você. Não sei como dizer, sinto muito.

Então Triana encostou a cabeça no ombro de Moreno e começou a chorar.

♥♦♣♠

O avião continuava voando. Atravessava um lugar indeterminado da noite que cobria a metade do globo. Triana tinha os olhos remelentos e inchados, por ter chorado e dormido logo em seguida. Acordou na penumbra suavemente iluminada da cabine onde cada um dormia como dava, segundo seu engenho e assumindo as posições mais improváveis.

— Está dormindo? — sussurrou.

— Não, não consigo. Não dá para parar de pensar. Tento imaginar a vinda de Justa à Europa e, quando chegamos ao hotel em Veneza, encontramos os agentes clandestinos nos perseguindo. Eu a salvo, mas a partir daí nossa viagem de lua-de-mel vira uma fuga de cidade em cidade e de hotel em hotel. Tudo misturado.

— Eu sonhei que o Brianza e a Gaby estavam apaixonados e me convidavam para ir visitá-los numa casa na montanha onde passavam sua lua-de-mel, que coincidência, é uma casa que na verdade pertence a uns amigos nossos, meus e do Paul, em Valdeblore, cercada de cedros e pinheiros. Eles me recebiam felizes e nos abraçávamos, mas tinham uns remendos na cara, como os do Frankenstein, e eu fazia de conta que não tinha nada de errado, estava muito contente desfrutando a presença deles, não queria falar dos remendos para não ofendê-los. É muita coisa, Neno! Primeiro o Fratelli, logo em seguida o Brianza e a Gaby. Você acha que eles vão se salvar? Ainda estarão vivos? Sabe, tive uns poucos amantes na minha vida. Mas agora estou desejando chegar e ver o Paul, espero que ele esteja bem, estou com medo. Não sei que horas são em Marselha, estou com vontade de ligar para ele. Volto para o que você falou no começo, e agora concordo, por que ressuscitar os fantasmas do passado? Se estamos melhor lá, não é? O que acha?

— Como geração continuamos naufragando. Lembrei-me de uma ilustração do Altan na capa da revista *Linus*, lá pelos anos 70. Eu havia chegado recentemente a Gênova, remava do jeito que dava no meu bote salva-vidas. Era a época dos "*boat-people*", outra ilusão que desmoronava. Na ilustração viam-se uma mulher e um menino vietnamitas com água pelo pescoço. O menino pergunta: "*Mamma, cos'è il communismo?*", e a mãe responde: "*Zitto e nuota*", fica quieto e nada. Era como se estivessem me dizendo isso. Agora me sinto indo de novo para o exílio, para um lugar onde já não era mais exílio, e trazendo atrás um rastro de tragédia, como da outra vez. E volto a pensar: "*Zitto e nuota*". As coisas parecem terminadas e não estão. Mas nossas vidas também não.

Triana encostou a cabeça no ombro de Moreno e voltou a dormir. Não tinha vontade de discutir.

FIM

Este livro foi composto na tipologia Arrus Bt,
em corpo 11/16, e impresso em papel
off-white 80g/m² no Sistema Cameron da
Divisão Gráfica da Distribuidora Record.